AF185174

Volker Jochim

Das Rätsel des Priesters

Kommissar Marek und die Mystik

Kommissar Mareks siebter Fall

Kriminalroman

© 2019 Volker Jochim
Umschlag, Illustration: tredition,
Volker Jochim (Foto)
Alter Friedhof Caorle

Verlag und Druck: tredition GmbH,
Halenreie 42, 22359 Hamburg

1.   Auflage

ISBN
Paperback   978-3-7482-6790-4
Hardcover   978-3-7482-6791-1
e-Book   978-3-7482-6792-8

1

Der kalendarische Sommer neigte sich langsam dem Ende zu.

Eine frische Brise hatte die Hitzeglocke vertrieben, die seit Wochen über dem kleinen Städtchen und dem ganzen Land lastete und saunaartige Temperaturen bescherte.

Da es, mit Ausnahme des Unwetters Mitte August, in der ganzen Zeit kaum geregnet hatte, waren die Böden völlig ausgetrocknet.

Das Thermometer war in den letzten zwei Tagen um zwölf Grad gefallen.

An den Stränden sah man nur noch wenige Touristen und die meisten Hotels bereiteten sich bereits langsam auf die Winterpause vor.

Auch die Heerscharen von afrikanischen Händlern, die den fremden Besuchern massenhaft gefälschte Markenwaren anzudrehen versuchten, waren verschwunden. Nur einige wenige lungerten noch vor den Hotels an der Promenade herum.

Sie hatten ihr Sortiment von Handtüchern und Sonnenbrillen auf Regenschirme umgestellt.

Die Saison war vorbei und das kleine Städtchen wurde wieder von seinen Bewohnern in Besitz genommen.

Marek genoss die Ruhe und schlenderte, die Hände in den Hosentaschen vergraben, langsam die Promenade entlang in Richtung der kleinen Kirche Madonna dell' Angelo.

Dort setzte er sich auf die Mauer zwischen Kapelle und Glockenturm, steckte sich eine Zigarette an und sah auf die unendlich scheinende, von kleinen Wellen leicht gekräuselte Wasserfläche hinaus.

Gelegentlich schafften es ein paar Sonnenstrahlen durch die Wolkendecke und erzeugten glitzernde Reflexe auf dem sonst einheitlichen Grau der Adria.

Er dachte kaum noch an seinen letzten Fall zurück, bei dem er vor einigen Wochen beinahe ertrunken wäre.

Es war seine eigene Schuld. Er hatte seine Gegner einfach unterschätzt und das machte ihm zu schaffen. Er wollte es sich nicht eingestehen und versuchte dieses unangenehme Kapitel zu verdrängen. Im Endeffekt war ja alles gut ausgegangen.

Dann dachte er an Silvana, die er nun schon seit drei Tagen nicht mehr gesehen hatte.

Ihr einziger Kontakt bestand aus einem täglichen Telefonat. Sie musste für ihre Zeitung von einem Mordprozess aus Padua berichten, der für Aufsehen gesorgt hat und würde erst in zwei Tagen zurückkommen.

So konnte er andererseits ungeniert dem Nichts-tun frönen.

„*Scusi*, hätten Sie bitte Feuer für mich?"

Marek drehte sich langsam um. Hinter der niedri-gen Mauer stand eine elegant gekleidete Frau von etwa vierzig Jahren, lächelte ihn an und hielt ihm eine Zigarette entgegen.

Sie hatte eine weiche, tiefe Stimme und ihre au-ßergewöhnlich hellgrauen Augen standen im Kon-trast zu ihrem schwarzen Haar, dass mit einem strengen Knoten hinten zusammengefasst war und hatten etwas Geheimnisvolles.

„Natürlich, gerne."

Er war aufgestanden, beugte sich zu ihr hinüber und gab ihr Feuer.

„*Grazie*."

Sie nahm einen tiefen Zug und blickte aufs Meer hinaus.

Es war aber nicht der träumerische, entspannte, oder sehnsüchtige Blick, den die meisten Menschen hatten, wenn sie dort hinaus sahen. Es war vielmehr ein überlegender, nachdenklicher Blick, der von ih-ren grauen Augen noch unterstrichen wurde.

„Darf ich mich einen Moment zu Ihnen setzen?"

„Ja, natürlich", antwortete er spontan, aber was

hätte er auch anderes sagen sollen.

Doch so ganz ungelegen kam ihm diese Frage nicht. Diese Frau interessierte ihn, er konnte nur nicht sagen warum, aber irgendetwas war da.

Sie nahm neben ihm Platz, aber nicht ohne einen kleinen Abstand zwischen ihnen zu wahren.

„Es ist so schön ruhig hier", sagte sie, „ein schöner Ort."

„Ja, das stimmt. Ich bin oft hier. Ich kann hier gut nachdenken. Bis vor zwei Wochen war aber der Teufel los. Da konnte ich erst abends herkommen, wenn sich der Trubel verlaufen hatte."

„Wohnen Sie hier?"

„Ja. Entschuldigen Sie, ich habe mich noch nicht vorgestellt. Marek, Robert Marek."

„Freut mich sehr. Ich bin Adriana Giacomelli."

„Das passt…", entfuhr es ihm.

Sie sah ihn verdutzt an.

„Was passt?"

„Adriana, die gütige und schöne Herrscherin der Adria."

„Oh, da kennt sich aber jemand in der Mythologie aus", lachte sie, „Sie sind aber nicht von hier, oder?"

„Hört man das immer noch?"

„Nein, das nicht, aber Ihr Name. Robert klingt nach Österreich oder Deutschland. Hier würde man ja Roberto sagen."

„Stimmt, ich komme aus Deutschland. Aus Frankfurt, um genau zu sein."

„Und was hat Sie hierher verschlagen?"

„Ist eine längere Geschichte."

„Ich habe ein wenig Zeit."

„Dann darf ich Sie zu etwas einladen? Drüben in der Altstadt gibt es nette Cafés."

„Gerne", sagte sie ohne zu zögern und Marek hatte immer mehr das Gefühl, dass sie sich jemandem mitteilen wollte.

Auf dem Weg über die Piazza Vescovado zur Altstadt blieb sie plötzlich stehen und rieb sich ziemlich heftig die linke Wade.

„Ist nichts weiter", sagte sie, als sie Mareks fragenden Blick bemerkte, „ich habe nur seit heute Morgen solch ein Kribbeln in den Beinen."

Den Rest des Weges sprachen sie über Belanglosigkeiten. Erst als sie an einem Tisch Platz genommen hatten, nahm Marek den Faden wieder auf.

„Ich war früher Commissario bei der Polizei in Frankfurt und habe immer in Italien meinen Urlaub verbracht. Sehr oft auch hier in Caorle, da eine Bekannte von mir in der Via Isarco eine Wohnung besitzt. Sie lebt in Frankfurt und hat mir die Wohnung überlassen, wenn ich sie brauchte."

„Und warum haben Sie bei der Polizei aufgehört? Sie sind ja noch lange nicht im Rentenalter, wenn ich das mal so sagen darf."

Marek fühlte sich geschmeichelt.

„Obwohl ich die höchste Aufklärungsquote im ganzen Präsidium hatte, war ich bei meinen Vorgesetzten nicht sonderlich gut gelitten und irgendwann hatte ich die Nase voll. Dazu kam noch, dass man mich zum Bundeskriminalamt versetzen wollte. Ich ließ mich also frühpensionieren und zog hierher."

„Die Dienstvorschriften. Ich verstehe."

„Die Bürokratie verhindert erfolgreiche Aufklärungsarbeit. So kann ich nicht arbeiten."

„Und da haben Sie dann ab und zu über die Stränge geschlagen."

Marek bemerkte, dass ihr diese Vorstellung auf irgendeine Weise missfiel.

„Sagen wir, ich hatte meine Methoden."

„Und was machen Sie nun?", fragte sie nach einer kurzen Pause. „Als Müßiggänger würde ich Sie aber nun nicht einschätzen."

„Och, ich helfe der örtlichen Polizei gelegentlich bei größeren Fällen."

„Ah!"

Dieses *ah* klang wie eine Bestätigung dessen, was sie von ihm erwartet hatte.

„Und was machen Sie, Signora Giacomelli?"

„Signorina, ich bin Rechtsanwältin in Verona. Fachgebiet Strafrecht."

„Sie verteidigen also die bösen Buben, die wir vorher mühsam geschnappt haben."

„Richtig. Auch die bösen Buben, wie Sie es nennen, haben Rechte", entgegnete sie lächelnd, dann sah sie auf ihre Armbanduhr.

„Es ist schon spät. Ich muss weiter. Vielen Dank für den Caffè und die nette Unterhaltung. Ich bin noch ein paar Tage hier, vielleicht sieht man sich."

„Würde mich freuen."

Marek sah ihr nach, wie sie ohne Eile in Richtung Piazza Papa Giovanni verschwand. Gelegentlich blieb sie stehen und griff sich an ihre Beine.

Er hatte das unbestimmte Gefühl, dass sie sich nicht zum letzten Mal begegnet sind.

***

Auf dem Heimweg sah Marek seinen Freund Ghetti neben seinem Streifenwagen stehen, während sich zwei andere Carabinieri mit zwei Halbwüchsigen lautstark auseinander setzten.

„*Ciao Michele*, was ist denn hier los?"

„*Ah, ciao Roberto*. Diese beiden Idioten haben auf ihrer Vespa mit Vollgas auf dem Platz ihre Runden gedreht. Die Geschäftsleute haben sich beschwert und zuletzt haben sie noch eine Frau auf ihrem Fahrrad umgerempelt. Sie ist gestürzt und hat sich Schürfwunden zugezogen. Sie sitzt da drüben. Wir warten noch auf den Krankenwagen. Und was treibt dich hierher?"

„Ich war nur hinten an der Kirche und wollte etwas entspannen. Dabei hatte ich eine interessante Begegnung."

„Du machst mich neugierig."

„Erzähle ich dir bei Gelegenheit."

„Ich habe gleich Feierabend. Wir könnten etwas trinken gehen."

„Dann komm zu mir. Ich habe noch eine Flasche *Bardolino Chiaretto* im Kühlschrank."

„Klingt gut. Dann bis später."

Als Marek gerade zuhause angekommen war, rief Silvana an.

„*Ciao mia bella*. Wie geht's dir?"

„Was ist los? Hast du ein schlechtes Gewissen?"

Irgendwie fühlte er sich ertappt, aber musste er ein schlechtes Gewissen haben, nur weil er mit einer fremden, aber zugegebenermaßen schönen Frau gesprochen hat? Nein, das ginge dann doch zu weit.

„Nein, warum?"

„Bei dieser Begrüßung."

„Ich wollte halt mal nett sein. Außerdem stimmt

es ja auch."

An der kurzen Pause merkte er, dass sie abwog geschmeichelt, oder weiter kratzbürstig zu sein. Kratzbürstig sein konnte sie sehr gut und sehr ausdauernd und er hoffte, dass dies jetzt nicht gerade der Fall sein würde.

„Na gut", gab sie sich gönnerhaft und ihm fiel ein Stein vom Herzen, „was hast du heute so getrieben?"

„Nicht viel. Vorhin war ich etwas spazieren und gleich kommt Michele auf ein Glas Wein. Und wie läuft es bei dir?"

„Heute waren die Plädoyers. Der Verteidiger ist richtig gut. Er hat seinen Mandanten quasi als Opfer hingestellt und auf nicht schuldfähig plädiert."

„Aber soviel ich weiß, sind die Beweise doch wasserdicht."

„Richtig. Und trotzdem hat sein Plädoyer offenbar Eindruck hinterlassen. Ich bin auf das Urteil morgen gespannt. Danach komme ich zurück."

„Ich freue mich. *Ciao cara.*"

***

„Dann erzähl mal", drängte Ghetti, während Marek die Gläser mit dem fruchtigen Rosé füllte.

„Ich saß bei der Madonna dell' Angelo auf der Mauer und habe aufs Wasser geschaut. Plötzlich sprach mich von hinten eine Frau an und bat um

Feuer. Dann fragte sie, ob sie sich einen Moment zu mir setzen dürfte."

„Oh, oh…"

„Nix oh, oh. *Stupido*", fuhr Marek auf.

„Sie hat sich einen Meter neben mich gesetzt, wir haben unsere Zigaretten geraucht und aufs Meer hinaus gesehen. Dann kamen wir ins Gespräch und ich lud sie auf einen Caffè ein."

„Wenn Silvana das erfährt…"

„Du hältst die Klappe, klar? Außerdem war ja nichts. Wir haben nur Caffè getrunken und uns unterhalten, obwohl ich zugeben muss…"

„Was? Was war denn nun so besonders an der Begegnung?"

„Das ist es ja. Die Frau hatte irgendetwas an sich. Etwas, das ich nicht erklären kann. Etwas mysteriöses, etwas geheimnisvolles."

„Ach so, ich dachte schon, sie hätte dir gefallen."

„Sie sah ja auch noch gut aus, aber das war es nicht. Ich hatte das Gefühl, dass sie sich mitteilen wollte und es sich dann anders überlegte. Als sie ging meinte sie *vielleicht sieht man sich*."

„Und wer ist sie?"

„Sie heißt Adriana Giacomelli. Eine Rechtsanwältin aus Verona. Sagte sie zumindest."

„Also ich kann mit dieser Geschichte nichts anfangen", meinte Ghetti ein wenig enttäuscht und trank sein Glas aus.

„Ich muss dann los. Danke für den Wein."

„Vielleicht ist ja auch nichts dran. Wahrscheinlich ging meine Fantasie mit mir durch. *Ciao Michele.*"

***

Nachdem Ghetti gegangen war, machte er es sich mit einem Stück Provolone, ein paar Oliven und etwas Brot vor dem Fernseher gemütlich. Doch der Appetit wollte sich nicht einstellen.

Zu sehr kreisten seine Gedanken um diese seltsame Begegnung am Nachmittag und insgeheim hoffte er diese Frau noch einmal treffen zu können. Seine Neugier war geweckt und er wollte unbedingt erfahren, was es mit ihr auf sich hatte.

Auf Televenezia kam ein kurzer Bericht über den Prozess in Padua, von dem Silvana berichtete.

Ein junger Mann aus Pakistan, der eigentlich in einem Flüchtlingslager in Bari sein sollte, hatte eine Studentin brutal vergewaltigt und ermordet.

Die Anteilnahme der Bevölkerung war riesig. Es gab Proteste, die von der rechtspopulistischen Lega Nord als Plattform für ihre pauschal ausländerfeindlichen Parolen benutzt wurden.

„Da muss man sich nicht wundern, dass diese Partei solch einen Zulauf hat", dachte Marek.

Die Plädoyers waren abgeschlossen. Der Staatsanwalt forderte eine lebenslange Haftstrafe, der Verteidiger jedoch einen Freispruch.

Das klang in Mareks Ohren wie Hohn. Vergewaltigung und Mord und dafür einen Freispruch?

Die Begründung der Verteidigung hörte sich ebenso menschenverachtend an.

Da der Beschuldigte aus seinem Kulturkreis einen anderen Umgang mit Frauen gewohnt sei und das Opfer sich seinen Annäherungen widersetzt habe, sei es zu dem unglücklichen Todesfall gekommen. Man bedauere dies zutiefst, aber deshalb könne der Angeklagte trotzdem nicht verurteilt werden.

Marek wurde schlecht vor Wut. *Weil das Opfer sich widersetzt hatte...* was hätte das arme Ding denn tun sollen? Sich einfach hinlegen und alles über sich ergehen lassen?

Er war auf das Urteil gespannt, das am kommenden Tag verkündet werden sollte.

2

Marek hatte sehr unruhig geschlafen.

Ständig verfolgten ihn ein Paar hellgraue Augen in seinen Träumen. Augen die ihn flehentlich ansahen, ihm etwas mitteilen wollten.

Mit der Zeit wurden sie undeutlicher, schemenhafter, bis sie ganz verschwunden waren.

Gegen sieben Uhr quälte er sich dann aus dem Bett, schlurfte in die Küche und öffnete das Fenster. Die Luft war angenehm frisch und der Wind hatte über Nacht die Wolken vertrieben. Es versprach ein schöner Tag zu werden.

Er setzte die Caffettiera auf den Herd und während er auf seinen Caffè wartete, steckte sich eine Zigarette an.

Gerade hatte er den ersten Schluck getrunken, als er das Läuten seines Telefons vernahm. Fluchend ging er in sein Arbeitszimmer um nach dem Störenfried zu suchen. Schließlich fand er sein Handy unter einem Buch auf seinem Schreibtisch.

„*Pronto*", blaffte er den Anrufer an.

„*Buon giorno*", antwortete Ghetti ungerührt. Er kannte ja Mareks Laune, wenn er zu früh geweckt wurde.

„Es ist besser du kommst gleich hierher."

„Was ist denn los? Und wohin soll ich kommen?"

„Zum alten Friedhof. Den Rest siehst du dann selbst."

Jetzt war er hellwach. Das verhieß nichts Gutes. Auf die Dusche verzichtete er und hielt nur kurz den Kopf unter den Wasserhahn um den restlichen Schlaf aus dem Gesicht zu bekommen. Dann zog er sich rasch an, verließ das Haus und fuhr los.

Da die Via della Sacheta großräumig abgesperrt war, ließ er seinen Lada auf der Salita dei Fiori stehen. Vor dem Eingang zum Friedhof standen zwei Fahrzeuge der Carabinieri und ein Rettungswagen.

Ghetti kam ihm ein Stück entgegen.

„Was zum Teufel ist hier passiert?"

„Sieh es dir selbst an. Deshalb habe ich dich ja angerufen."

Als Marek durch das geöffnete Tor auf den kleinen Friedhof sah, ahnte er was Ghetti meinte.

Auf der rechten Seite, gleich in der zweiten Reihe, hing ein lebloser Körper kopfüber auf einem weißen Grabstein.

Er wusste sofort um wen es sich handelte, auch wenn die schwarzen Haare diesmal nicht zu einem Knoten zusammengefasst waren, sondern offen herunterhingen.

An solch ein Wiedersehen mit der Signorina Giacomelli hatte er mit Sicherheit nicht gedacht, als sie sagte *vielleicht sieht man sich.*

„Dottore Lovati und die Spurensicherung sind unterwegs. Vorher sollten wir da nicht hingehen."

„Ist sie es definitiv?"

„Ja, sie hat ihre Papiere bei sich. In ihrer Handtasche war außerdem noch Geld, etwa zweihundert Euro, ein Autoschlüssel und ein Zimmerschlüssel vom Hotel San Remo. Da fällt Raubmord wohl aus."

„Daran hätte ich auch nicht gezweifelt. Ihr Tod hat etwas damit zu tun, was sie mir gestern nicht sagen wollte oder konnte. Davon bin ich überzeugt."

Marek setzte sich auf die Umrandung eines Grabes auf der anderen Seite und steckte sich eine Zigarette an.

„Wer hat sie gefunden?"

„Padre Bertoni. Er war auf dem Weg zur Kirche um den Altar zu richten und kam hier vorbei."

„Wo ist er jetzt? Ich würde gerne mit ihm sprechen. Bis Lovati die Leiche untersucht hat, wird ja noch einen Moment dauern."

„Er steht hinten an der Ecke. Ihm ging es nicht so gut, nachdem er die Tote fand."

„Kann ich verstehen."

Marek ging zurück auf die Straße und sah sich

um. Am Ende der Friedhofsmauer lehnte eine Schwarz gekleidete Gestalt mit gesenktem Kopf.

„Padre Bertoni?"

Der Priester wandte sich ihm langsam zu.

„Ja."

„Mein Name ist Marek, ich helfe der Polizei bei den Ermittlungen. Sie haben die Tote gefunden? Wann war das?"

„Das war um kurz nach sieben. Ich war auf dem Weg zur Kirche um den Altar zu richten."

„Zu welcher Kirche?"

„Zur Madonna dell' Angelo. Da findet heute Mittag ein Gedenkgottesdienst satt."

„Und als sie hier vorbei kamen, haben sie die Tote entdeckt?"

„Nicht direkt. Ich wunderte mich nur, dass das Tor schon offen stand."

„Ist das ungewöhnlich?"

„Um diese Zeit schon. Ich ging also hinein um zu sehen, ob schon jemand da war. Dann sah ich sie."

„Waren Sie bei ihr? Ich meine, sind Sie zu der Leiche hingegangen? Haben Sie sie berührt?"

„Nein!", rief der Priester entrüstet.

„Ich war so erschrocken, dass ich erst einmal zu nichts fähig war. Dann habe ich mich bekreuzigt und bin hinaus, um die Polizei anzurufen. Ich habe ihr nicht einmal die Absolution erteilen können, damit ihre Seele rein vor unseren Herrn treten kann."

„Sie hatten ein Telefon dabei?"

Der Padre sah Marek an und ein leichtes Lächeln umspielte seine Mundwinkel.

„Ja, auch wir Priester haben mittlerweile Teil am Segen der Technik."

„Nichts für ungut, Padre. Ist Ihnen sonst noch etwas aufgefallen? Haben Sie jemanden gesehen?"

„Nein, tut mir leid."

„Danke. Ich denke, Sie können nun gehen. Wo finde ich Sie, falls ich später noch eine Frage habe?"

„Ich bin bis nach dem Gottesdienst in der Kirche."

***

Als Marek auf den Friedhof zurückkehrte, war Dottore Lovati bereits eingetroffen und damit beschäftigt die Tote zu untersuchen, die unvermeidliche Zigarette zwischen den Lippen.

Er hatte sie bereits vom Grabstein herunter genommen und auf den Rasen dahinter gelegt.

Auch der Tod konnte der Schönheit dieser mysteriösen Frau kaum etwas anhaben. Die schwarzen Haare hatten einen Kranz um ihr bleiches Gesicht gebildet, nur ihre Züge waren etwas verzerrt.

„*Buon giorno, Dottore.*"

„*Ah, buon giorno, Commissario.* Welch eine Verschwendung."

„Sie sagen es. Haben Sie schon etwas zur Todesursache?"

„Na ja, äußerliche Verletzungen konnte ich keine
feststellen, aber eine natürliche Todesursache halte
ich unter den gegebenen Umständen auch nicht gerade für wahrscheinlich. Sie hat stark erweiterte Pupillen, was auf eine Vergiftung hindeuten könnte. Ich
werde die Dame gründlich untersuchen. Erste Ergebnisse bekommen Sie heute Abend, den Toxikolo-
gischen Befund morgen."

„Danke, Dottore."

„Wissen Sie schon wer sie ist?"

„Ja, Adriana Giacomelli, eine Anwältin aus Verona. Ich lernte sie gestern dort vorne an der Promenade kennen. Sie bat mich um Feuer."

„Schade drum", meinte Lovati trocken, „dieser
Frau hätte ich auch gerne Feuer gegeben."

Dann packte er seine Utensilien zusammen, steckte sich die nächste Zigarette an und verabschiedete
sich.

Marek überlegte kurz, ob er Lovati schon einmal
ohne Zigarette im Mundwinkel gesehen hatte, konnte sich aber nicht daran erinnern.

„Michele, sieh zu, dass ich sie sofort auf den Tisch
bekomme", rief der Dottore noch im Umdrehen

Ghetti zu und verschwand.

Nachdem die Spurensicherung abgeschlossen war, ließ Ghetti die Leiche abtransportieren und die Absperrungen entfernen. Dann gesellte er sich zu Marek, der an die Friedhofsmauer gelehnt eine Zigarette rauchte.

„Hätte sie sich mir mitgeteilt, könnte sie eventuell noch leben."

„Das kannst du nicht wissen."

„Warum auf einem Grabstein?", fragte Ghetti nach einer kurzen Pause.

„Weiß ich auch noch nicht, aber es muss eine Bedeutung haben. Gestorben ist sie garantiert nicht hier und wenn jemand solch eine Mühe auf sich nimmt und Gefahr läuft entdeckt zu werden, dann muss es etwas bedeuten."

„Mmh...", brummte Ghetti, der sich keinen Reim darauf machen konnte.

„Ich sehe mir nochmal den Grabstein an", meinte Marek plötzlich, trat seine Zigarette aus und ging zurück auf den Friedhof.

Sein Freund folgte ihm.

„Antonio Mazzola, gestorben 1962."

„Hat bestimmt nichts zu sagen. Sie kannte diesen Mazzola wahrscheinlich nicht einmal. Sie kam ja aus Verona."

„Vielleicht nicht, vielleicht hat es aber doch eine Bewandtnis damit."

Marek nahm sein Handy aus der Tasche und fotografierte den Grabstein.

„Ich fahre dann zum Hotel und sehe mir ihr Zimmer an. Kommst du mit?"

„Nein, ich rede noch einmal mit dem Padre. Ich hatte das Gefühl, dass er mehr weiß, als er gesagt hat."

***

Als Marek die kleine Kirche betrat, fand er den Priester betend am Altar vor. Als Padre Bertoni den Besucher bemerkte, bekreuzigte er sich und stand auf.

„Ich habe für die Seele der verstorbenen gebetet."

„Da hat sie nun auch nichts mehr davon."

„Sind Sie nicht gläubig, Commissario?"

„Ich bin ein gläubiger Atheist."

„Verstehe."

„Kann es sein, dass Sie mir nicht alles gesagt haben, Padre?"

Bertoni sah Marek in die Augen.

„Ich habe Ihnen alles gesagt, was ich Ihnen sagen konnte, Commissario."

„Aha. Das Grab, auf dem die Tote lag, gehört einem Antonio Mazzola. Sagt Ihnen das etwas?"

Der Priester senkte den Kopf und überlegte einen Moment.

„Kennen Sie sich mit Symbolik aus?", fragte er plötzlich.

„Kommt darauf an, was Sie damit meinen."

„Sie haben sich sicher schon gefragt, warum die arme Frau auf einem Grabstein abgelegt wurde und Sie haben sich auch gefragt, warum ausgerechnet auf diesem. Stimmt es so?"

„Ja, natürlich haben wir uns das gefragt. Wissen Sie denn mehr darüber?"

„Haben Sie einen Zettel und einen Stift?"

Marek zog sein Notizbuch und einen Kugelschreiber aus der Tasche und reichte beides dem Priester.

Bertoni zeichnete acht Kreise, die in einem vertikalen, länglichen Oval angeordnet waren. In die Mitte dieses Ovals kam noch ein neunter, und an das untere Ende ein zehnter Kreis.

Alle Kreise waren durch Linien miteinander verbunden. In den untersten Kreis schrieb er den Buchstaben M.

„Hier Commissario, finden Sie die Bedeutung von M und Sie finden auch die Buchstaben für die anderen Kreise, sowie deren Bedeutung. Mehr kann ich Ihnen dazu nicht sagen."

Marek starrte einen Moment lang auf die Skizze, dann verabschiedete er sich, ging zu seinem Wagen und machte sich auf den Heimweg.

In seinem Arbeitszimmer ließ er sich in den Sessel an seinem Schreibtisch fallen und betrachtete die Skizze genauer. Was mag der Priester wohl damit gemeint haben?

Er kopierte die Zeichnung auf ein größeres Blatt Papier und befestigte es an der Wand, ohne jedoch von einer Erleuchtung heimgesucht zu werden.

3

Der vorsitzende Richter hatte seinen Platz eingenommen. Nach einigen einleitenden Worten kam das, worauf alle mit Spannung gewartet hatten.

„…ergeht folgendes Urteil: Der Angeklagte Arsad Khan Bahadur wird wegen Vergewaltigung mit Todesfolge zu einer Gefängnisstrafe von viereinhalb Jahren verurteilt. Die Begründung des Urteils erfolgt im Anschluss…"

Nach der Urteilsverkündung brach unter den Zuschauern im Gerichtssaal ein Tumult aus. Der Angeklagte, der Richter und die Justiz im Allgemeinen wurden übel beschimpft.

„Aufhängen" und „erschießt das Schwein", war aus der aufgebrachten Menge zu hören.

Um die Begründung des Urteils verlesen zu können, ließ der vorsitzende Richter den Saal mit Gewalt räumen. Nur die Journalisten durften bleiben.

Doch als Richter Kofler die Begründung des Gerichts verlas, blieben auch sie nur fassungslos und wütend zurück. Nachfragen wurden nicht mehr zugelassen.

Das Gericht begründete das in Silvanas Augen skandalös milde Urteil damit, dass der Angeklagte, wie schon von seinem Verteidiger, dem ehrenwerten Avvocato Constantini im Plädoyer vorgebracht, aus einem Kulturkreis stamme, in dem ein anderer Umgang mit dem weiblichen Geschlecht möglich, ja sogar üblich sei.

Er habe daher die ablehnende Haltung des Opfers gegenüber seinen Annäherungsversuchen nicht begreifen können und so sei es dann zu einer Auseinandersetzung mit dem leider tragischen Ausgang gekommen.

Somit habe das Gericht ihn für nicht voll umfänglich schuldfähig erkennen müssen.

Die Staatsanwaltschaft, die eine lebenslängliche Gefängnisstrafe gefordert hatte, kündigte umgehend eine Revision an.

Als Silvana Rafaeli den Palazzo di Giustizia an der Via Niccolò Tommaseo verlassen wollte, hatten sich draußen auf dem Platz vor dem Gebäude einige hundert Menschen versammelt, die lautstark gegen das ihrer Meinung nach skandalöse Urteil protestierten. Nach der Räumung des Saals musste es sich in Windeseile herumgesprochen haben.

Silvana konnte die Leute verstehen und nahm die Gelegenheit wahr, einige der Protestierenden zu interviewen.

„Silvana Rafaeli vom Gazzettino. Was sagen Sie

zu dem Urteil?"

„Was ich dazu sage?", ereiferte sich eine Frau mittleren Alters mit hochrotem Kopf.

„Schwanz ab und erschießen. Gefängnis ist viel zu gut für so einen. Da wird er noch auf Staatskosten durchgefüttert und hat 'nen Fernseher in der Zelle."

Der Tenor war immer der gleiche, wenn auch in der Regel etwas moderater.

Mittlerweile hatten die Demonstranten auch den Kreisel vor dem Gerichtsgebäude besetzt und den Verkehr fast zum Erliegen gebracht.

Gleichzeitig tauchten immer mehr Fahnen der Forza Italia in der Masse auf und es waren die ersten üblen rassistischen Schmährufe aus der Menge zu vernehmen.

Im Hintergrund konnte man bereits die anrückenden Einsatzkräfte der Polizei sehen. Bald würde es hier sehr ungemütlich werden.

Silvana beeilte sich zu ihrem Wagen zu kommen, so lange es noch möglich war.

Ein paar Straßen weiter hielt sie am Straßenrand, holte ihr Notebook aus der Tasche, schrieb ihren Bericht über die Urteilsverkündung und übermittelte ihn an die Redaktion. Dann rief sie ihren Redakteur an.

„Wo zum Teufel ist dein Bericht?", blaffte er ins

Telefon.

„Den habe ich euch gerade geschickt. Es ist ein riesen Skandal und hier geht's gleich rund."

„Was heißt das?"

„Es sind einige hundert Demonstranten vor dem Gericht und die Polizei ist auch gerade aufmarschiert. Ich kam gerade noch da raus."

„Du bleibst da", entschied er sofort, „und mach Fotos. Jede Menge Fotos."

Sie wollte noch etwas erwidern, aber er hatte schon aufgelegt.

„Arschloch!", schrie sie ins Telefon, dann rief sie Marek an.

„*Ciao Roberto*, ich komme leider etwas später zurück."

„Wieso? Was ist passiert?"

„Was passiert ist? Der Kerl hat nur viereinhalb Jahre bekommen…"

„Was? Der Mord war doch bewiesen."

„…eben. Nach der Urteilsverkündung wurde der Gerichtssaal geräumt. Nur wir Journalisten durften bleiben."

„Und wie hat der Richter das begründet?"

„Verminderte Schuldfähigkeit wegen seiner Herkunft. Nur weil in diesen Ländern Frauen noch Freiwild sind…", tobte Silvana.

„Und hat die Staatsanwaltschaft wenigstens gleich Revision eingelegt?"

„Sie haben es angekündigt, aber du weißt ja, wie sensibel das Thema Flüchtlinge in ganz Europa behandelt wird. Es ist mittlerweile ein Unterschied, ob ein Einheimischer solch eine Tat begeht, oder ein Flüchtling. Vergewaltigung bleibt Vergewaltigung und Mord ist Mord, oder?"

„Sicher, irgendetwas stimmt offenbar wohl nicht mit unserem Rechtssystem. Verdammte Schweinerei! Aber wieso kommst du jetzt später?"

„Als ich das Gericht verließ, hatte sich draußen schon eine Protestgruppe gebildet, die rasant größer wurde. Die Nationalisten waren natürlich auch darunter. Ich hab's gerade noch raus geschafft, bevor die Polizei anrückte. In einer Nebenstraße schrieb ich dann den Bericht und rief meinen Redakteur an. Der Idiot gab mir gleich den Auftrag Fotos von der Demo und dem wahrscheinlichen Polizeieinsatz zu machen."

„Na klar, ist ja auch eine tolle Schlagzeile."

„Wieso bist du nie auf meiner Seite?", maulte sie.

„Bin ich doch, *cara*. Ich bin immer auf deiner Seite. Das war nur eine Feststellung", beeilte er sich zu sagen und hoffte inständig, dass es nicht wieder eine dieser endlosen Diskussionen gab.

„…bist du eben nicht!"

Sie musste einfach immer das letzte Wort haben.

„Pass auf dich auf. *Ciao.*"

***

Nachdenklich saß Marek an seinem Schreibtisch und starrte auf die Skizze des Priesters, die er vergrößert und an die Wand geheftet hatte.

„*…finden Sie die Bedeutung von M und Sie finden auch die Buchstaben für die anderen Kreise, sowie deren Bedeutung…*", hatte Bertoni gesagt, aber welche Art von Bedeutung sollte das sein und wo sollte er anfangen zu suchen?

„*Kennen Sie sich mit Symbolik aus?*"

Was, zum Teufel, meinte er damit? Welche Form, welche Art der Symbolik?

Wieviel wusste der Padre wirklich? Und wenn er mehr wusste, woher?

Eine Möglichkeit war das Beichtgeheimnis, aber dann hätte der Mörder ihm im Beichtstuhl seine Tat angekündigt und Bertoni hätte gewusst was er auf dem Friedhof finden würde.

Oder aber Signorina Giacomelli hätte eine Vorahnung gehabt und sich ihm anvertraut. War das möglich, oder abwegig?

Marek erhob sich seufzend und ging in die Küche, um den Inhalt seines Kühlschranks zu inspizieren.

Er hatte ja nicht einmal gefrühstückt. Kein Wunder also, dass er nicht klar denken konnte.

Eilig verließ er das Haus und fuhr zum Supermarkt. Dort erstand er lauter Köstlichkeiten und ein paar Flaschen Wein.

Er verstaute seine vier vollen Einkaufstaschen im Wagen. Dann fuhr er zur Pasticceria in der Viale Guglielmo Marconi und kaufte sich als Belohnung noch ein Pfund *Cannoli*.

Nachdem er den Lada vor seinem Haus abgestellt hatte, nahm er fast zärtlich das Tablett mit dem Gebäck, trug es vorsichtig nach oben und stellte es liebevoll mitten auf den Küchentisch.

Erst danach holte er die Einkaufstaschen, aber nicht bevor er noch einmal daran geschnuppert hatte.

Nun hatte er richtig Hunger. Also entschied er sich für etwas Deftiges.

Er setzte Salzwasser für ein halbes Pfund Spaghetti auf. Dann schnitt er zwei frische *Salsicce* in Scheiben, gab sie in eine Pfanne mit heißem Olivenöl und briet sie knusprig an.

Als die Nudeln fertig waren, gab er sie zu der Wurst in die Pfanne, mengte einmal kräftig durch, schaufelte sich einen Teller voll, gab zum Schluss noch etwas Olivenöl und geriebenen *Grana Padano* darüber und ließ es sich schmecken.

Nach diesem köstlichen Mahl bereitete er sich einen Caffè und steckte sich eine Zigarette an.

Er starrte aus dem Küchenfenster in der Hoffnung, dass eine Erleuchtung ihn treffen würde, aber so sehr er auch starrte, es nutzte nichts.

Er drückte seine Zigarette aus und sein Blick fiel auf das Paket in der Mitte des Küchentischs. Dabei besserte sich seine Laune schlagartig.

Gerade in dem Moment, als er das Paket öffnen wollte um sich eine dieser köstlichen Gebäckrollen zu nehmen, klingelte sein Telefon. Wütend stapfte er in sein Arbeitszimmer.

„Wer stört?", bellte er in den Hörer.

„Tut mir leid dich, bei was auch immer, stören zu müssen", antwortete Ghetti ungerührt, „aber Dottore Lovati möchte uns gleich sehen."

„Was heißt *gleich*?", fragte Marek, in der Hoffnung, noch etwas Zeit für seinen Nachtisch herauszuschlagen.

„Gleich, jetzt, sofort, was ist mit dir los? Sonst geht's dir nie schnell genug."

„Schon gut. Weißt du um was es geht?"

„Das werden wir dann erfahren. Ich bin auf dem Weg zu dir. Bis gleich."

Marek warf einen letzten sehnsüchtigen Blick auf seine *Cannoli*, dann zog er seine Jacke über und ging nach unten, wo Ghetti gerade um die Ecke bog.

***

Die ersten Minuten schwiegen sie sich an, dann versuchte Ghetti das Schweigen zu durchbrechen.

„Vielleicht hat er ja schon die Todesursache herausgefunden und wenn er es so dringend macht, steckt bestimmt mehr dahinter."

„Mmh", brummte Marek, „wir werden sehen."

Mehr war aus ihm noch nicht herauszubekommen, aber Ghetti versuchte es weiter.

„Wie weit bist du denn mit dem Rätsel von Padre Bertoni gekommen?"

„Ehrlich gesagt, blicke ich da noch nicht durch. Woher weiß der Priester das alles?"

Das war das Ende der Konversation bis sie Portogruaro erreichten und auf den Parkplatz des *Ospedale* einbogen.

4

Dottore Lovati empfing sie schon qualmend im Flur der Pathologie.

„*Ciao Commissario, ciao Michele.* Schön, dass ihr gleich kommen konntet."

„*Ciao, Dottore.* Was haben Sie denn spannendes für uns?"

Ghetti wunderte sich, dass Marek seine schlechte Laune offenbar oben am Eingang abgelegt hatte und wieder ganz der Alte war.

Sie betraten den Sezierraum, in dem auf einem Edelstahltisch, unter einem grünen Tuch verborgen, der leblose Körper der geheimnisvollen Anwältin aus Verona lag.

Ghetti hielt sich, wie immer in diesen Gefilden, im Hintergrund und setzte sich an Lovatis Schreibtisch.

„Es hat mir keine Ruhe gelassen, also untersuchte ich gleich das Blut und ihren Mageninhalt genauer."

Bei dieser Vorstellung wurde es Ghetti sofort übel. Er war jetzt schon so oft mit Marek hier gewesen, aber Ekel und Abscheu sind geblieben. Er würde sich wohl nie daran gewöhnen.

Anfänglich war es ihm peinlich wenn er sah, wie sein Freund und der Dottore sich mit den Mordopfern beschäftigten, ja teilweise fast mit der Nase darauf lagen und er mit grünem Gesicht in einer Ecke saß.

Jetzt war es ihm egal. Es konnten nicht alle Menschen so abgebrüht sein.

„Die Frau starb an einer Rizin Vergiftung. Daher auch die *Mydriasis*, die mir heute Morgen schon aufgefallen war."

„Was ist das?", rief Ghetti aus dem Hintergrund.

„Das ist die typische Weitstellung der Pupillen bei solchen Vergiftungen."

„Rizin…?"

„Ja, *Ricinus Communis*, oder auch Wunderbaum genannt. Ein Teufelszeug. Die Samenkapseln enthalten das Gift und ein Samen kann bereits tödlich sein."

„Rizinus, ist das nicht auch so ein…?"

„Sie meinen das Rizinusöl. Ja, das wird aus der gleichen Pflanze gewonnen. Allerdings wird das Öl nach dem Pressen raffiniert und die Reste der Proteine durch ein spezielles Verfahren entfernt. Danach ist das Öl frei von Rizin."

„Kann sie es selbst genommen haben?"

„Suizid? Halte ich für ausgeschlossen. Der Tod durch Rizin ist ein langsamer und qualvoller. Da gibt es schnellere und bessere Methoden."

„Also Mord. Wie bekam sie es verabreicht?"

„Neben der oralen Einnahme gibt es noch die Möglichkeit inhalativer, intravenöser und subkutaner Verabreichung. Da ich keine Einstichstellen gefunden habe und auch in Ihren Atemwegen nichts Entsprechendes feststellen konnte, bleibt nur die orale Einnahme."

„Aber das Zeug schmeckt doch ekelhaft. Das muss sie doch gemerkt haben."

„Eben nicht. Das ist ja das gefährliche. Ähnlich wie bei den Beeren der Tollkirsche schmecken die Samen leicht süßlich, also nicht unangenehm."

„Was meinen Sie, Dottore, wann hat sie das Zeug zu sich genommen?"

„Vor höchstens sechsunddreißig Stunden. Eher etwas weniger."

„„Was, so langsam wirkt das Zeug?"

„Sie hatten die Dame doch gestern noch getroffen. Was für einen Eindruck machte sie?"

„Tja, eigentlich war sie ganz normal. Das einzige woran ich mich noch erinnere ist, dass sie auf dem Weg zum Café und auch als sie wieder ging, sich mehrfach ihre Waden massierte. So als hätte sie einen Krampf."

„Ah, sehr gut. Das waren die ersten Lähmungserscheinungen. Dann liege ich mit meiner Zeitangabe richtig."

„Wie ist denn der Verlauf der Vergiftung?"

„Bei der Menge die sie bekommen hat dürften nach etwa einem Tag die ersten Lähmungserscheinungen auftreten, die Pupillen erweitern sich und der Betroffene bekommt Fieber. Danach könnte es zu Übelkeit und Erbrechen kommen. Im weiteren Verlauf kommen noch Symptome einer Lebernekrose und akuten Nierenversagens dazu. Der Tod tritt dann nach der Lähmung des zentralen Nervensystems und des Atemzentrums ein. Wenn das Schicksal gnädig war, fiel sie vorher ins Koma."

„Verdammte Scheiße!", brüllte Marek. „Welches kranke Schwein hat das gemacht? Ich will ihn haben! Um jeden Preis."

„Wer sagt denn, dass es ein *Er* war?", warf Lovati ein. „Es wäre auch für eine Frau ein leichtes, das Gift zu verabreichen."

„Da haben Sie recht. Wer auch immer das getan hat wollte, dass die arme Frau so leidet. Vielen Dank Dottore."

„Sie werden es herausfinden."

„Los Michele, wir haben zu tun."

Ghetti konnte Marek kaum folgen, der mit Riesenschritten das Krankenhaus verließ.

„Du musst mit deinen Leuten die letzten drei Tage der Signorina lückenlos auflisten. Seit wann wohnte sie in dem Hotel? Wen hat sie, außer mir, sonst noch getroffen? Mit wem hat sie gesprochen? Wo hat sie was gegessen, oder getrunken? Ich muss unbedingt alles wissen."

„Wird erledigt. Ich habe den Kollegen in Verona schon Bescheid gesagt. Da sie keinen lebenden Verwandten in Italien hat, werden sie die Wohnung öffnen und mir Bescheid geben, falls sie etwas Brauchbares finden."

„Gut. Sie hatte keine Verwandten?"

„Doch, eine Cousine in Florida, aber niemand hier in Italien. Und was machst du jetzt?"

„Ich versuche die Symbole zu deuten."

***

Nachdem Ghetti ihn vor seinem Haus abgesetzt hatte, ging Marek direkt in seine Küche und stopfte sich ein *Cannolo* in den Mund. Seine Laune besserte sich schlagartig und ein breites Grinsen erschien in seinem Gesicht. Das Tablett mit den restlichen Gebäckrollen nahm er mit in sein Arbeitszimmer und stellte es auf den Schreibtisch. Dann nahm er sich wieder die Skizze des Priesters vor. Auch nach dem dritten *Cannolo* hatte er noch keine Erleuchtung, aber er glaubte zumindest etwas Ähnliches schon einmal gesehen zu haben, nur nicht wo und in welchem Zusammenhang.

Symbole schwirrten wild durch seinen Kopf. A gefolgt von Ω, Alpha und Omega, der Anfang und das Ende. Dann rauschten Ψ und ∞ vorbei, gefolgt von einem Pentagramm.

Sie alle formierten sich zu einem sich immer schneller drehenden Reigen.

Er versuchte danach zu greifen und dann waren sie plötzlich verschwunden. Ein Geräusch hatte sie vertrieben.

Marek wachte auf. Er war wohl in seinem Sessel eingeschlafen.

Sein Blick fiel zuerst auf das leere Tablett, dann auf das Telefon, die Quelle des Geräuschs. Er rieb sich kurz die Augen, dann hob er ab.

„*Pronto.*"

„Verdammt, wo steckst du?", polterte Silvana los. „Du gehst nicht an dein Handy und auf dieser Nummer hab ich es nun auch schon seit zehn Minuten versucht."

„Entschuldige, ich bin an meinem Schreibtisch eingeschlafen. Wo bist du?"

„Ich bin zuhause. Kannst du kommen?"

Ihr Zorn war verraucht und die Frage klang schon fast wie eine leise Bitte.

„Ich möchte heute Nacht nicht alleine sein."

„Natürlich, ich mache mich sofort auf den Weg. Bis gleich. *Ciao.*"

Er streckte sich kurz und sah aus dem Fenster. Im Osten zog schon langsam die Dämmerung herauf.

Er musste wohl mindestens zwei Stunden geschlafen haben.

Dann zog er seine Jacke über und machte sich auf den Weg.

Sie hatte dort bestimmt einiges erlebt und musste es nun loswerden.

So hart wie sie nach außen hin schien, war sie im Grunde genommen nicht. Solche Ereignisse, wie dieser absurde Prozess in Padua, konnten ihr empfindsames Inneres doch mehr treffen, als sie zuzugeben bereit war.

Dann wollte sie sich alles von der Seele reden und er war in diesen Fällen der gute Zuhörer, den sie brauchte.

***

Als Marek die Wohnungstür öffnete, umfing ihn ein wunderbarer Duft aus der Küche.

Dann kam Silvana herangeflogen und fiel ihm um den Hals.

„Ich freue mich auch dich zu sehen, *mia cara*", schnaufte er, als sie ihren Griff etwas gelockert hatte, „was ist denn los?"

Er nahm ihren Kopf zwischen seine Hände und küsste sie sachte auf die Stirn. Dabei bemerkte er, dass ihre Augen leicht gerötet waren. Sie hatte offenbar geweint.

„Nichts, ich bin nur froh, dass du da bist. Es gibt *Fusilli al Tonno*, das magst du doch."

„Und wie."

„Machst du bitte den Wein auf. Steht auf dem Esstisch. Essen ist gleich fertig."

Marek entkorkte den Pinot Grigio und schenkte zwei Gläser ein, da kam auch schon Silvana mit den dampfenden Tellern herein.

„Lass es dir schmecken."

Die ersten Minuten genossen sie schweigend das einfache, aber köstliche Gericht, obwohl es ihm unter den Nägeln brannte zu erfahren, was ihr widerfahren war und was sie so mitgenommen hatte, aber drängen wollte er nicht.

Doch plötzlich fing sie von sich aus an zu sprechen.

„Du wirst nicht glauben, was da heute noch los war. Nachdem wir telefoniert hatten, musste ich ja zurück zum Gericht, da mein Redakteur unbedingt Fotos von der Demonstration haben wollte. Mittlerweile hatten sich zwei Fronten gebildet. Die Polizei hatte die Demonstranten vom Gerichtsgebäude zurück zur Straße gedrängt und das Gebäude abgeriegelt. Alle Nebenstraßen, die vom Kreisel und der Via Niccolò Tommaseo ausgingen, waren abgesperrt. Im Pulk der Demonstranten, ursprünglich waren es meist Frauen, fanden sich nun mindestens zur Hälfte Anhänger der rechtspopulistischen Parteien mit ihren Fahnen. Plötzlich flogen Gegenstände in Richtung der Polizisten, die ihrerseits sofort Tränengas einsetzten. Dann gingen beide Gruppen aufeinander los. Die Polizei trieb mit Unterstützung von Wasserwerfen die Demonstranten vor sich her, bis sie sich schließlich auflösten. Ein paar Festnahmen gab es auch. Und weißt du was für mich das Schlimmste ist, was mich so fertig macht? Nach diesem Skandalurteil und der Begründung kann ich die Menschen verstehen, wenn sie diese rechten Parteien wählen."

Vorsichtig legte er seine Hand auf ihre. Sie zitterte leicht.

„Mir geht es genauso. Ich verstehe unser Rechtssystem auch nicht mehr und in Deutschland ist es nicht anders. Du reißt dir den Arsch auf, um solche Schweine zu schnappen und die Justiz sorgt dafür, dass sie möglichst bald wieder freikommen und weiter ihr Unwesen treiben können. In Deutschland wurden in einer Silvesternacht allein in einer Stadt dutzende von sexuellen Übergriffen durch Flüchtlinge gemeldet. Durch Anweisung übergeordneter Stellen durfte dieser Umstand aber nicht an die Öffentlichkeit kommuniziert werden. Man war sich nicht einig, wie man mit diesem sensiblen Thema umgehen sollte. Wir sind machtlos und das kotzt mich an."

„Ich habe beschlossen, dieses Thema weiter zu bearbeiten. Mal sehen, wie die Zeitung dazu steht."

Silvanas Stimme hatte einen kämpferischen Ton angenommen.

„Ich räume nur schnell den Tisch ab, dann erzählst du mir, was du so erlebt hast. Möchtest du Caffè?"

„Ja, gerne."

Marek steckte sich eine Zigarette an.

„Hier war auch einiges los und es könnte eine Story für dich werden."

„Wo bist du jetzt schon wieder reingeraten?"

„Ich schwöre dir, ich bin schuldlos da hineingeraten und es scheint sehr kompliziert zu sein."

„Dann erzähl schon", war Silvana gleich gespannt.

Marek überlegte kurz, ob er die Begegnung mit der Anwältin verschweigen sollte, um möglichen Streitereien mit Silvana aus dem Weg zu gehen, entschied sich dann aber alles im richtigen Kontext zu berichten.

„Gestern Nachmittag saß ich auf der Mauer bei der Madonna dell' Angelo und rauchte eine, als mich plötzlich von hinten eine Frau ansprach und um Feuer bat. Ich gab ihr Feuer und dann setzte sie sich…"

Marek hob abwehrend die Hände, als er Silvanas Gesichtsausdruck sah.

„…in gehörigem Abstand neben mich", beeilte er sich zu ergänzen. „Sie stellte sich als Adriana Giacomelli, Anwältin aus Verona, vor. Da ich das Gefühl hatte, dass sie mir etwas anvertrauen wollte, lud ich sie auf einen Caffè in der Altstadt ein."

„Kannte sie dich, oder du sie?"

„Weder, noch. Sie erzählte mir, dass sie Strafverteidigerin sei. Dann stand sie auf, bedankte sich und ging."

„Das war alles?"

„Nein, jetzt wird es ja erst interessant. Am nächsten Morgen rief mich Michele um kurz nach sieben an. Ich sollte sofort zum alten Friedhof kommen. Als ich dort ankam, sah ich die Bescherung. Die Leiche der Signorina Giacomelli hing über einem Grabstein."

„*Santa Madonna!* Wurde sie ermordet?"

„Dottore Lovati konnte keine äußerlichen Spuren feststellen die darauf hindeuten würden, aber er fand einen Hinweis darauf, dass es sich möglicherweise um eine Vergiftung handeln könnte. Heute Mittag rief er Michele und mich in die Pathologie. Die Signorina wurde mit Rizin vergiftet, was ihr schon vor unserem Treffen verabreicht wurde."

„Rizin?"

„Ja, ein ekelhaftes Zeug und ein grausamer Tod. Gefunden hatte die Leiche übrigens ein Priester, der auf dem Weg zur Kirche war. Die erste Befragung ergab nichts, aber ich war mir sicher, dass er etwas verschweigt. Also ging ich später in die Kirche und befragte ihn noch einmal. Er könne mir nicht mehr sagen, meinte er."

„Wahrscheinlich wegen des Beichtgeheimnisses."

„Du meinst also auch, der Mörder hat gebeichtet und der Priester darf es uns nicht sagen?"

„Oder die Anwältin hat ihm etwas verraten."

„Ach deshalb."

„Was?"

„Er fragte mich, ob ich mir Gedanken darüber gemacht hätte, warum sie gerade auf diesem Grabstein abgelegt wurde und ob ich etwas von Symbolik verstehen würde. Dann zeichnete er mir eine Skizze mit lauter Kreisen auf. In einen schrieb er ein M. Dann sagte er, dass ich die Bedeutung von M finden müsse, um die Buchstaben der anderen Kreise und deren Bedeutung zu finden."

„Das ist in der Tat sehr mysteriös, bestätigt aber meine These, dass jemand dem Priester etwas anvertraut hat, was er nicht weitergeben darf. Hast du die Skizze dabei?"

„Ja, das Original."

Marek zog das kleine Notizblatt aus der Tasche und gab es ihr. Sie betrachtete die Skizze einen Moment lang, dann schüttelte sie den Kopf.

„Kommt mir irgendwie bekannt vor, aber damit kann ich im Moment auch nichts anfangen. Welche Bedeutung hatte das mit dem Grabstein? Auf welchem Stein wurde sie gefunden?"

„Ein gewisser Antonio Mazzola liegt dort begraben, aber der ist schon über fünfzig Jahre tot."

Silvana überlegte kurz.

„Der Name sagt mir was."

„Mir auch, so hieß ein Stürmer von Inter Mailand in den 1960er Jahren."

„*Stupido*! Nein, es ist noch nicht lange her, da hatte ich den Namen gelesen. Ich weiß nur nicht mehr in welchem Zusammenhang. Muss ich morgen mal recherchieren. Ist doch klar, dass ich die Geschichte exklusiv habe, oder?"

„Ja, natürlich, aber bring bitte noch keine Vermutungen. Nur das, was im Polizeibericht steht."

„Na gut", schmollte sie, „aber könnte das M auf der Skizze etwas mit dem Namen Mazzola zu tun haben?"

Marek stierte sie einen Moment lang an, dann schlug er sich mit der flachen Hand vor die Stirn.

„Ich Vollidiot! Ich sitze den ganzen Tag davor und sehe den Zusammenhang nicht. Du bist genial. Natürlich, so muss es sein. Wenn du morgen noch etwas herausfindest, was mit diesem Namen in Zusammenhang steht, haben wir vielleicht auch schon eine Verbindung zu den anderen Kreisen."

Er küsste sie auf die Stirn und sie zog ihn mit ins Schlafzimmer, wo sie bald darauf eng umschlungen einschliefen.

Die grauen Wolken, die auf ihrem Gemüt lasteten, waren verschwunden.

5

An diesem trüben, verregneten Morgen war Camilla Ballarin schon früh auf den Beinen.

Für den Nachmittag hatte sich ihre Schwester mit Familie angesagt und sie hatte noch einige Vorbereitungen zu treffen.

Doch zuerst wollte sie noch ein paar frische Blumen auf das Grab ihres Mannes legen, der vor zwei Jahren bei einem tragischen Unfall ums Leben kam.

Als sie an den ersten Reihen mit den älteren Gräbern vorbei kam, ließ sie plötzlich vor Schreck ihren Regenschirm nebst Blumen fallen. Das was sie sah ließ sie erschaudern.

Zuerst war sie wie gelähmt, dann drehte sie sich um und wollte weglaufen. Dabei lief sie genau in die Arme eines Gärtners, der gerade seine Schubkarre abgestellt hatte.

„Signora, was ist denn? Was haben Sie?"

Sie war außer Stande zu sprechen und zeigte nur in die Richtung, aus der sie gekommen war.

„Bleiben Sie hier, Signora. Ich sehe nach."

Nach ein paar Metern sah er, was die arme Frau so erschreckt hatte. Er zog sein Handy aus der Tasche und wählte den Notruf.

***

Als Marek aufwachte, war er der Meinung es sei noch sehr früh. Graues Licht schimmerte durch die Läden, wie kurz vor Tagesanbruch.

Er tastete nach Silvana, aber das Bett war verwaist.

Da beschloss er aufzustehen, schob die Beine über die Bettkante, streckte sich kurz, erhob sich und schlurfte hinaus in die Küche.

Auf dem Tisch fand er eine Notiz von Silvana neben einer Tüte, von der ein süßer Duft ausging.

Buon giorno Roberto. Ich bin schon in der Redaktion und wollte dich nicht wecken. Habe dir ein paar Cornetti besorgt und die Caffettiera ist auch schon bereit. Du musst nur noch den Herd anstellen. Rufe dich später an, wenn ich etwas entdeckt habe. Molti baci.

Ein breites Grinsen erschien in seinem unrasierten Gesicht.

Er stellte den Herd an und sah dann auf die Uhr. Es war schon fast zehn Uhr und immer noch nicht richtig hell. Ein Blick aus dem Fenster sagte ihm dann auch warum.

Das Wetter war umgeschlagen und es regnete aus einem milchig grauen Himmel.

Er nahm sich ein mit Vanillecreme gefülltes Hörnchen aus der Tüte und ging auf die Suche nach seinem Handy, das er schließlich auf dem Tisch im Esszimmer fand. Ghetty hatte mehrmals versucht ihn zu erreichen.

Er schenkte sich einen Caffè ein, nahm noch ein Cornetto und wählte Ghettis Nummer.

„Was gibt's denn?", nuschelte er kauend.

„Ich habe mehrfach versucht dich zu erreichen. Wo steckst du denn?"

„Entschuldige, ich schlafe nicht mit dem Telefon im Bett. Silvana würde mich erschlagen und bei ihr bin ich gerade."

„Dann kannst du ja gleich rüber zu mir kommen. Ich habe etwas Interessantes."

„So, und was?"

„Sag ich dir wenn du hier bist. Beeil dich."

„Na gut. Ich frühstücke noch fertig, dann komme ich. Bis gleich."

Marek überlegte, ob er sich noch ein drittes Hörnchen genehmigen sollte, doch dann siegte seine Neugier. Er trank seinen Caffè aus, nahm eine kurze Dusche, kleidete sich rasch an und fuhr in die Caserma.

„*Ciao* Michele, was gibt's denn so spannendes?"

„Ich hatte unseren Fund von gestern in unser Netzwerk eingegeben und um Nachricht gebeten, falls irgendwo etwas Ähnliches auftaucht."

„Und?"

„Heute Morgen bekam ich eine Mitteilung von

den Kollegen aus Mestre. Dort wurde auf dem Friedhof eine männliche Leiche über einem Grabstein hängend gefunden."

„Und weiß man schon wer er ist?"

„Ich bekomme sofort Bescheid, wenn der Tote identifiziert ist."

„Gut, dann frag bitte auch, wer dort begraben ist. Silvana hat mich gestern auf etwas gestoßen, was ich die ganze Zeit nicht gesehen habe."

„Und das wäre?"

„Die Bedeutung des Buchstabens auf der Skizze des Padres. Silvana ist der Meinung, der Name auf dem Grabstein ergibt den Buchstaben in der Skizze. Mazzola gleich M. Außerdem kam ihr der Name bekannt vor und nun recherchiert sie gerade noch etwas dazu. Wenn sie was findet, sag ich dir gleich Bescheid. *Ciao Michele.*"

Ghetti wollte noch etwas fragen, aber da war sein Freund schon verschwunden.

***

Marek saß an seinem Schreibtisch und schrieb auf ein Blatt Papier den Namen Mazzola. Dann heftete es an die Wand neben die Skizze mit den Kreisen und verband den untersten Kreis mit dem M durch einen roten Faden mit dem Namen.

Zufrieden betrachtete er sein Werk.

Wenn Silvana etwas zu diesem Namen herausfinden sollte, und davon war er überzeugt, würde sich die Zeichnung mit Leben füllen.

Aber welche Bedeutung hatte die seltsame Form der Zeichnung. Irgendwie hatte er im Unterbewusstsein das Gefühl, etwas ähnliches schon einmal gesehen zu haben, doch es wollte ihm partout nicht einfallen.

Er versuchte strategisch vorzugehen. Wer arbeitete hauptsächlich mit Symbolen? Da fielen ihm zuerst die Geheimbünde ein. Aber war das nicht zu weit hergeholt?

Versuchen musste er es. Er zog sein Gesamtwerk über solche Gesellschaften aus dem Regal und fing an zu lesen.

Er war gerade bei einem Artikel über das „*Schwarze Reich*" angelangt, als sein Telefon läutete. Es war Ghetti.

„Die Kollegen haben mich gerade informiert. Der Tote aus Mestre hieß Giovanni Scarpa, Anwalt aus Venedig."

„Auch ein Anwalt? Will hier jemand diese Zunft ausrotten, oder was?"

„Vielleicht auch Zufall."

„Ich glaube nicht an Zufälle."

„Wie auch immer, das Grab auf dem er gefunden

wurde gehört einem Alfonso Justiniano, gestorben 1955. Mehr habe ich leider nicht. Die Leiche liegt übrigens in der Gerichtsmedizin von Venedig."

„Gut, wenn Silvana recht hat, dann haben wir schon mal den Buchstaben J. Sag bitte Dottore Lovati Bescheid, dass er sich mit seinen Kollegen dort in Verbindung setzt."

„Mache ich. Hat sie sich schon gemeldet?"

„Nein, noch nicht. Danke Michele, bis später."

Mareks Euphorie war schnell verflogen. Jetzt hatte er zwar einen zweiten Buchstaben, aber noch neun Kreise. Wohin gehörte er nun? Oder war das letztendlich egal?

Aber dann hätte Bertoni nicht solch eine aufwändige Skizze wählen müssen. Ergo muss es eine Reihenfolge geben, die sich ihm nur noch nicht erschließen wollte.

Auch war Justiniano schon ein seltsamer Name, der ihn eher an einen römischen Feldherrn erinnerte. Einen Bezug dazu herzustellen sollte vielleicht etwas einfacher sein.

Ein Hungergefühl machte sich bei ihm bemerkbar und da er keine Lust verspürte etwas zu kochen, bereitete er sich einen Teller mit Käse, Schinken und ein paar Oliven und ließ sich das Ganze mit einem Stück Brot und einem Glas Raboso schmecken.

Danach fühlte er sich etwas müde und wollte gerade in seinem Sessel Platz nehmen, als sein Telefon schon wieder läutete. Diesmal war es Silvana.

„*Ciao Roberto*, ich habe etwas zum Thema Mazzola gefunden."

„Prima, ich wusste, dass du etwas findest, und was ist es?"

„Kann ich dir jetzt nicht alles erklären. Ich habe gleich noch einen Termin. Komm heute Abend zu mir, dann besprechen wir alles. Sagen wir gegen acht?"

„*Bene, grazie*. Bis dann."

Was sollte er bis dahin tun? Für einen Spaziergang entlang der Promenade oder auf dem Deich am Canale dell' Orologio, wo er immer entlang ging wenn er nachdenken musste, war das Wetter zu bescheiden.

Also beschloss er weiter zu lesen. Vielleicht würde die Lektüre ihm ja einen Fingerzeig bringen.

***

Als Marek aufwachte, rieb er sich die Augen und sah auf die Uhr. Verdammt, es war schon halb acht und um acht Uhr sollte er bei Silvana sein.

Stöhnend stemmte er sich aus seinem Sessel, ging ins Bad und ließ sich kaltes Wasser über den Kopf laufen. Danach fühlte er sich frischer, zog sich rasch um und fuhr los.

„Das Essen ist gleich fertig", rief Silvana aus der Küche, als er die Tür aufschloss, „ich habe nur schnell Penne mit Brokkoli und Anchovis gemacht. Ich hoffe, es ist dir recht."

„Und wie recht."

Er ging in die Küche, wo es aromatisch nach Knoblauch duftete und küsste sie.

„*Ciao, cara.*"

„Ich dachte, wir essen gleich hier. Setzt du dich bitte hin und machst den Verduzzo auf? Die Pasta ist gleich fertig."

„Also, dann erzähl mal. Was hast du herausgefunden?", nuschelte Marek mit vollem Mund, nachdem Silvana das Essen serviert und selbst Platz genommen hatte.

„Vor etwa drei Jahren wurde in Madonna di Dossobuono, einem kleinen Vorort von Verona, ein Mädchen übel vergewaltigt und misshandelt. Sie war damals gerade einmal sechzehn Jahre alt. Sie stammte aus einem streng katholischen Haus und die Vergewaltigung war für sie noch ein zusätzlicher Makel, da sie nun nicht mehr als Jungfrau in eine Ehe gehen konnte. Sie kam in eine psychiatrische Klinik. Der Täter, ein achtzehnjähriger, mehrfach vorbestrafter Kerl aus dem Ort, wurde aufgrund eines DNA Abgleichs überführt und festgenommen. Es wurden mehrere Gutachten und Gegengutachten erstellt und so dauerte es ein Jahr, bis der Prozess beginnen konnte. Die Verteidigung zögerte das Verfahren immer weiter hinaus, in dem sie erst einen Befangenheitsantrag gegen den Richter stellte, da dieser den Angeklagten schon einmal verurteilt und außerdem eine Tochter im gleichen Alter wie das Opfer hatte. Dem Antrag wurde tatsächlich stattgegeben. Dann ließ sie ein neues Gutachten erstellen, welches dem Angeklagten Schuldunfähigkeit bescheinigte. Schwere Kindheit, traumatische Erlebnisse und so weiter. Du kennst das ja."

„Jedes Mal wenn so einem Scheißkerl als Kind ein Kanarienvogel eingegangen ist, kommen diese bekloppten Psychiater mit einem schweren traumatischen Erlebnis um die Ecke. Ich könnte kotzen."

„Jedenfalls überzeugte die Verteidigung das Gericht und es kam zu einem skandalösen Urteil. Das Schwein kam für zweieinhalb Jahre in die Psychiatrie. Der Vater des Mädchens war außer sich und schrie noch im Gerichtssaal *Gott wird euch alle richten*. Vor kurzem wurde der Kerl mit einer guten Sozialprognose entlassen. Das Mädchen hieß Elisabetta Mazzola. Sie hat sich vor vier Wochen umgebracht. So, und nun kommt die Verbindung zu deinem Fall, Die Verteidigerin hieß…"

„…Adriana Giacomelli", ergänzte Marek.

„Ganz genau."

„Da ist wohl jemand auf Rachefeldzug, wobei ich da auf den Vater tippen würde. Wenn der so streng katholisch ist, hat er sich bei Padre Bertoni sein Gewissen erleichtert und der wollte mir nichts sagen."

„…durfte dir nichts sagen…"

„…na schön, durfte mir nichts sagen…"

„…außer dem Rätsel, das er dir mitgab."

„Genau. Und jetzt habe ich auch noch etwas. Heute Morgen wurde auf dem Friedhof von Mestre wieder eine Leiche gefunden, die über einem Grabstein hing. Da ich nicht an Zufälle glaube, denke ich, dass beide Fälle zusammengehören. Der Tote ist ein gewisser Giovanni Scarpa, Rechtsanwalt aus Venedig."

„Schon wieder ein Anwalt. Hat es jemand auf Juristen abgesehen?"

„Dachte ich auch gleich. Das muss eine Bedeutung haben."

„Welcher Name stand auf dem Grabstein?"

„Alfonso Justiniano. Seltsamer Name."

„Dann hast du jetzt den zweiten Buchstaben nach dem M. Ein S für Scarpa, oder ein J für Justiniano."

„Da es hier das M vom Grabstein war, wie du sagtest, denke ich es ist das J. Das Dilemma ist nur, dass ich nicht weiß in welchen der restlichen neun Kreise das J gehört. Wenn das so weitergeht, haben wir am Ende zehn Tote, jeder Kreis hat einen Buchstaben und ich weiß trotzdem nicht warum."

„Ich erkundige mich morgen einmal, ob jemand in der Redaktion einen Fachmann in Sachen Mystik kennt. Und jetzt lass uns schlafen gehen. Ich muss morgen wieder früh raus."

„Gut, ich räume nur noch den Tisch ab."

***

Marek lauschte den gleichmäßigen Atemzügen Silvanas, aber er selbst konnte nicht einschlafen.

Er wälzte sich wie ein Schnitzel in der Pfanne von rechts nach links und von links nach rechts. Dann lag er wieder auf dem Rücken und dachte unentwegt an diesen seltsamen Fall.

Plötzlich schnellte Silvana hoch.

„Was ist denn? Du hast mich zu Tode erschreckt."

„Ich weiß jetzt, dass ich den Namen schon einmal gelesen habe."

„Welchen Namen?", fragte er verwirrt.

„Na Justiniano. Da gab's mal vor einiger Zeit einen Fall, den hat aber die Redaktion für Mestre bearbeitet. Ich erkundige mich gleich morgen danach. Schlaf gut."

Damit drehte sie sich wieder um und schlief sofort

ein, was ihm nicht auf Anhieb gelingen wollte.

So lag er noch eine ganze Weile wach, dachte an dieses seltsame Rätsel und lauschte wieder den ruhigen Atemzügen Silvanas.

Eines musste man ihr lassen. Sie war ein unerschöpflicher Quell an Informationen, wenn er einmal nicht mehr weiter wusste.

Irgendwann übermannte ihn dann auch die Müdigkeit und er schlief ein.

6

Marek hatte nicht besonders gut geschlafen.

Dieses Rätsel machte ihm zu schaffen. Entsprechend früh war er wach.

Draußen aus der Küche hörte er Geklapper. Das hieß Silvana war noch da.

Er stand auf und als er hinaus kam, segelte sie an ihm vorbei ins Bad.

„Buon giorno, Roberto", rief sie ihm zu, während sie sich Ihre Locken zurechtzupfte, „ich bin schon so gut wie weg. Für deine Cornetti hatte ich leider keine Zeit mehr. *Ciao.*"

Dann schnappte sie ihre riesige Tasche, warf ihm noch einen Handkuss zu und schon flog die Türe hinter ihr zu.

Marek stand noch immer im Flur und kratzte sich am Kopf. Für ihn war das alles zu schnell. Wie konnte sie nur so früh so fit sein?

Er ging in die Küche, schenkte sich den Caffè ein, den Silvana ihm übrig gelassen hatte und steckte sich eine Zigarette an.

Wie von selbst kreisten seine Gedanken wieder um das Rätsel des Priesters.

Mit dem M für Mazzola hatte er den ersten Anhaltspunkt. Wenn Silvana noch etwas in Erfahrung bringen konnte, hätte er einen zweiten mit Justiniano für J, aber wo sollte er ihn einordnen? War am Ende die Reihenfolge doch egal?

Fakt war, dass beide Mordopfer Rechtsanwälte waren und die Signorina Giacomelli ein mehr als mildes Urteil für ihren Mandanten erreichte.

War hier jemand auf einem Rachefeldzug und will diejenigen bestrafen, die dafür Sorge trugen, dass Vergewaltiger und Mörder nicht gerecht bestraft wurden?

Im Fall Mazzola sah es so aus. Im Fall Justiniano konnte er noch nichts Bestimmtes sagen. Da musste er auf Silvanas Recherchen warten. Aber eines konnte man schon tun…

Er nahm eine Dusche, kleidete sich rasch an und fuhr hinüber zur Caserma. Dort traf er Ghetti in seinem Büro an.

„*Buon giorno Michele*. Gibt's etwas Neues?"

„Ah, Roberto. Nein, bislang nicht, aber du siehst so aus, als hättest du etwas auf der Pfanne."

„Es kristallisiert sich eventuell ein Bild heraus. Das M steht mit Sicherheit für Mazzola. Silvana hat etwas über einen Fall von Vergewaltigung in Madonna di Dossobuono vor etwa drei Jahren herausgefunden. Ein sechzehnjähriges Mädchen wurde damals vergewaltigt und misshandelt. Der Täter kam, nach einer Reihe von juristischen Spitzfindigkeiten seiner Anwältin, für zweieinhalb Jahre in die Psychiatrie und ist mittlerweile wieder frei. Das Opfer beging vor kurzem Selbstmord. Sie hieß Elisabetta Mazzola. Die Anwältin, die dieses skandalöse Urteil erreichte, war unsere Signorina Giacomelli. Ihr müsst unbedingt den Vater des Mädchens überprüfen. Vielleicht wollte er sich für den Tod seiner Tochter rächen."

„Gut, ich sagen den Kollegen in Verona gleich Bescheid. Was ist denn mit dem Buchstaben J?"

„Ich weiß noch nicht wie ich ihn unterbringen soll, oder ob es egal ist, wo er steht. Silvana sagte, es habe mal einen Fall Justiniano gegeben. Sie will sich in der Redaktion danach erkundigen. Vielleicht wissen wir dann mehr."

„Ich frage mal bei den Kollegen in Mestre nach. Eventuell haben sie den Fall bearbeitet."

„Kann nichts schaden. Ich melde mich, sobald ich etwas habe. *Ciao Michele*."

„Stopp, nicht so schnell. Ich habe auch noch etwas. Die Signorina Giacomelli ist zwei Tage vor ihrem Tod hier im Hotel angekommen. Das Mädchen an der Rezeption sagte aus, dass sie kurz nach ihrer Ankunft in der Lounge einen Mann getroffen hat und mit ihm einen Caffè trank."

„Konnte sie ihn beschreiben?"

„Nicht besonders gut. Etwa vierzig bis fünfundvierzig Jahre alt, kurze, dunkle Haare, dunkler Anzug. Sonst nichts Auffälliges."

„Mist! Da könnte sie bereits das Rizin in den Caffè bekommen haben. Es würde mit der Zeitangabe von Dottore Lovati übereinstimmen."

„Dann hat sie sich hier direkt mit ihrem Mörder getroffen."

„Vielleicht kannten sie sich, oder vielleicht war er der Grund für ihren Aufenthalt in Caorle. Warum hätte sie sonst hierher fahren sollen? Hat sie sonst noch Kontakt gehabt?"

„Nur noch mit dir. Mehr ist nicht bekannt."

„Bene. Ciao."

***

Da er noch nicht gefrühstückt hatte, besorgte sich Marek auf dem Heimweg noch ein paar Cornetti, die er dann mit einer Tasse Caffè genüsslich verspeiste.

Kurz darauf rief Dottore Lovati an.

„Commissario, ich habe mit dem Kollegen in Venedig gesprochen. Der tote Anwalt, den man in Mestre auf dem Grabstein fand, hatte Fesselspuren an Hand- und Fußgelenken. Außerdem hatte er Hämatome im Gesicht und am ganzen Körper."

„Er wurde gefoltert?"

„Sieht so aus, aber gestorben ist er daran nicht. An seinem Hals gab es Spuren einer Erdrosselung, aber nicht so ausgeprägt wie sie normalerweise aussehen müssten. Ich würde sagen man hat ihm langsam die Luft abgedreht und er ist durch die verstärkte Kompression der Drosselvene gestorben."

„Da möchte jemand seine Opfer leiden sehen. Danke Dottore, das passt ins Bild."

***

Marek zog seine Jacke über und machte sich auf den Weg zur Promenade.

Das Wetter hatte sich wieder gebessert und er musste nachdenken. Aber so sehr er auch grübelte, es lief immer wieder auf das gleiche Szenario hinaus.

Offenbar bestraft jemand diejenigen, die eine gerechte Bestrafung von Gewalttätern verhindert haben.

Mittlerweile war er an der kleinen Kirche angelangt. Er beschloss hinein zu gehen. Vielleicht konnte er ja noch einmal mit Padre Bertoni sprechen. Doch die Kirche war leer.

Draußen setzte er sich auf eine Bank und steckte sich eine Zigarette an und während er die ersten blauen Ringe in die Luft blies, klingelte sein Handy.

„*Ciao Roberto*", meldete sich Silvana, „ich habe wenig Zeit, aber ich habe einiges in Erfahrung bringen können."

„Super, und was?"

„Sag ich dir heute Abend, wenn du mich zum Essen einlädst. Ich habe nämlich keine Lust zu kochen."

„*Bene*, um acht Uhr bei Rosa?"

„Sei bitte pünktlich. *Ciao*."

"Wenn ich schon einmal hier bin", dachte Marek und trat seine Kippe aus, „dann kann ich ja gleich bei Rosa den Tisch reservieren und vielleicht hat sie ja noch etwas Essbares für mich."

Er vergrub die Hände in den Hosentaschen und schlenderte über die Piazza Vescovado zu der kleinen Trattoria.

Es war zwar noch geschlossen, doch durch ein Fenster sah er Rosangela, die Padrona, in der Küche hantieren.

Seit er damals nach seinem Umzug das erste Mal hier essen war hatte sie ihn, *il tedesco con la grande fame...*den Deutschen mit dem großen Hunger..., in ihr Herz geschlossen.

Er klopfte an die Scheibe und sofort winkte sie ihn hinein.

„*Ciao Roberto*", rief sie und herzte ihn, „ich habe noch frische *Spaghetti alle Vongole*. Du hast doch sicher Hunger."

„Ich wollte eigentlich nur unseren Tisch für heute

Abend reservieren, aber wenn du mich so fragst, natürlich."

„Kommt Silvana auch?"

„Ja, wir sind gegen acht Uhr da."

Rosa tischte ihm einen großen Teller dieses köstlichen Gerichts auf. Dazu noch ein Korb Brot und eine Flasche Verduzzo.

Eine halbe Stunde später machte er sich satt und zufrieden auf den Heimweg.

***

Staatsanwalt Nicolo Heraldini verließ entspannt und voller Vorfreude auf das bevorstehende Wochenende das Gerichtsgebäude.

Auf den Straßen im näheren Umfeld waren immer noch die Spuren der Demonstrationen und polizeilicher Auseinandersetzungen zu sehen.

Man hatte ihm gegenüber die Andeutung gemacht, dass sein Name auf der Liste der Kandidaten für den Posten des Oberstaatsanwalts ganz oben stehe, was er seinem Verhandlungsgeschick zu verdanken habe und das hob seine Laune natürlich noch zusätzlich.

Vor seinem neuen Haus in der Via Ugo Foscolo stellte er seinen Mercedes ab. Da er später noch ins Fitnesscenter wollte, lohnte es nicht den Wagen in die Garage zu fahren. Er nahm seine Aktentasche vom Beifahrersitz und wollte gerade das Gartentor öffnen, als ein Mann, der hinter einer Hecke gewartet hatte, plötzlich vor ihn trat.

„Sie haben mich erschreckt. Kann ich Ihnen helfen?"

Der Mann antwortete nicht, sondern sah ihn nur durchdringend an.

„Was wollen Sie?", fragte Heraldini, den ein mulmiges Gefühl beschlich.

„Gerechtigkeit."

„Gerechtigkeit? Was soll das? Lassen Sie mich durch."

„Sie und Ihresgleichen treten die Gerechtigkeit mit Füßen wenn es Ihnen nur von Vorteil ist."

„Ich weiß nicht was Sie meinen und nun verschwinden Sie, oder ich rufe die Polizei."

„Das glaube ich nicht", sagte der Mann und griff in seine Tasche.

Das Letzte, was Staatsanwalt Heraldini noch sah, war der dunkle Lauf einer Pistole mit Schalldämpfer, dann wurde es für immer dunkel.

***

Als Silvana die Trattoria um kurz vor acht betrat, saß Marek schon an ihrem Tisch und knabberte ein paar Grissini.

„Oh, sind wir aber heute überpünktlich. Bist du

schon wieder am Verhungern, du ärmster."

„*Ciao cara.* Ich habe seit heute Mittag nichts mehr gegessen."

„Hast du schon gewählt?"

„Nein, ich wollte auf dich warten."

Als Rosa sah, dass Silvana Platz genommen hatte, eilte sie sofort herbei.

„Habt ihr schon etwas ausgesucht?"

„Wenn es dir recht ist, *cara*…"

„Ja, such du aus. Ich bin zu müde."

„Gut, dann nehmen wir *cape sante a'la venessiana,* danach *bisato in tecia* mit *polenta* und als Dessert…"

„…ich habe *tirame su,* ganz frisch."

„Wunderbar, das nehmen wir und dazu eine Flasche Bardolino Chiaretto."

„Und, was hast du herausgefunden?", fragte Marek mit vollem Mund, nachdem Rosa die Vorspeise serviert hatte.

„Nun, es gab vor etwa zweieinhalb Jahren einen Fall in Mestre. Eine junge Studentin, neunzehn Jahre alt und aus einer angesehenen venezianischen Familie, fuhr mit einigen Freundinnen nach Mestre, um dort in einer Diskothek zu feiern. Als sie nicht nach Hause kam, telefonierten die Eltern mit den Freundinnen, die sie begleitet hatten. Die übereinstimmende Aussage war die, dass man die Vermisste zuletzt mit einem jungen Mann gesehen hatte, mit dem sie sich von der Gruppe absonderte. Die Eltern alarmierten die Polizei, die auch sofort eine Suchaktion startete. Einen Tag später fand man sie im Morgengrauen fast nackt in einem Gewerbegebiet in Marghera. Sie wurde geschlagen, vergewaltigt, erwürgt und in die Gosse geworfen, wie ein Stück Dreck. Ihr Name war Beatrice Maria Justiniano."

„Verdammte Schweinerei. Deshalb dieser Grabstein. Und wie passt der Rechtsverdreher Scarpa da hinein?"

„Die Polizei verhaftete eine Woche später einen vorbestraften, wohnsitzlosen Kleinkriminellen und Scarpa übernahm freiwillig die Verteidigung."

„Was heißt freiwillig?"

„Scarpa war ein renommierter Anwalt, den man niemals als Pflichtverteidiger bekommen hätte. Er übernahm den Fall aus Kalkül. Wenn er in diesem Fall eine milde Strafe für seinen Mandanten erreichen würde, wäre das, trotz des unweigerlichen Aufschreis in der Presse und der Öffentlichkeit, seinem Renommee als Strafverteidiger sehr zuträglich."

„Solche selbstherrlichen Idioten führen unser Recht ad absurdum. Und war er erfolgreich?"

„Ja und wie. Da sein Mandant in diversen Heimen aufgewachsen ist und eine schwere Kindheit hatte, plädierte er auf verminderte Schuldfähigkeit. Das Gericht sah es genauso. Er bekam drei Jahre Haft und im Anschluss soll eine psychiatrische Prüfung ergeben, ob er für die Allgemeinheit noch eine Gefahr darstellen könnte."

„Das passt ins Bild. Erst die Giacomelli und jetzt Scarpa. Beide mit einer ähnlichen Vorgeschichte. Da will sich tatsächlich jemand für derartige Fehlurteile rächen. Gab es keine Berufung?"

„Doch, aber das Urteil wurde von der höheren Instanz bestätigt."

„Bislang waren wir zum Glück nur auf die Region Venetien beschränkt, aber selbst da können wir nicht alle Richter und Anwälte überwachen."

„…der Richter und der Anwalt von dem Prozess in Padua wären da meiner Meinung nach ganz oben auf der Liste."

„Stimmt. Ich sage Ghetti morgen Bescheid, dass er die Kollegen informiert."

Mittlerweile waren sie bei Caffè und Grappa angekommen.

„Ach, beinahe hätte ich es vergessen", sagte Silvana plötzlich und nippte an ihrem Glas.

„Was denn?"

„Ich wollte mich doch nach einem Experten in Sachen Mystik erkundigen."

„Und, hast du jemanden ausfindig gemacht?"

„Ja, ein Kollege gab mir einen Namen. Rabbi Ivo Rossi."

Sie schrieb schnell etwas auf eine Papierserviette.

„Hier ist seine Telefonnummer. Du erreichst ihn in der Synagoge von Verona in der Via Oro."

„Ein Rabbi?"

„Ja, na und? Wenn *er* dir nicht helfen kann, dann kann es niemand."

„Danke, ich rufe morgen gleich an. Wollen wir noch ein Stück spazieren gehen?"

„Sei mir nicht böse, aber ich bin müde und muss morgen um acht Uhr in der Redaktion sein."

„Gut, dann bringe ich dich noch nach Hause."

Kurz darauf schlenderten sie Arm in Arm die Via Pineda entlang in Richtung Viale Falconera.

Nachdem sie sich verabschiedet hatten, ging Marek zurück zu seinem Wagen und fuhr nach Hause.

Zuerst überlegte er noch sich mit diesem vermaledeiten Rätsel zu beschäftigen, doch er verspürte keine große Lust dazu.

So ging er gleich zu Bett, wo er sofort in einen festen traumlosen Schlaf fiel.

7

Es war sechs Uhr am Morgen und Stefano Boscolo machte sich müde auf den Heimweg. Er verdiente sich als Nachtportier in einem Hotel noch etwas zu seiner mageren Rente dazu.

Obwohl er über vierzig Jahre lang gearbeitet hatte, reichte sie hinten und vorne nicht zum Leben und so war er, trotz seiner dreiundsiebzig Jahre, gezwungen dieser Nebenbeschäftigung nachzugehen.

Es wäre ja genug Geld da um die Renten auf ein akzeptables Niveau zu heben. Man dürfte es halt nur nicht für irgendwelchen, aus seiner Sicht unnützen Blödsinn ausgeben.

Als er sein Fahrrad über die Piazza del Santo schob, sah er aus dem Augenwinkel eine Gestalt vor dem Portal der Basilica di Sant' Antonio sitzen.

„Wieder einer, der die Nacht durchgesoffen hat, während unsereiner in dem Alter noch arbeiten muss um zu überleben", dachte er betrübt.

Doch dann stutzte er. Irgendetwas schien da nicht zu stimmen.

Er lehnte sein Rad an Donatellos Reiterstatue von Erasmo da Narni und ging langsam hinüber.

Vorsichtig näherte er sich der regungslosen Gestalt, auf deren Brust ein Zettel befestigt war.

*mi dispiace…*ich bereue…stand darauf.

Er tippte den Mann kurz an.

„Hallo, Sie."

Als dessen Kopf unkontrolliert nach vorne kippte und er das blutverkrustete Loch in der Stirn sah wusste er, dass er keine Antwort mehr bekommen würde.

Mit zitternden Händen zog er sein Handy aus der Tasche und wählte den Notruf der Carabinieri.

***

Als Marek am nächsten Morgen aufwachte, fühlte er sich frisch und ausgeruht, obwohl es für seine Verhältnisse noch sehr früh war.

Er schob die Beine über die Bettkante, streckte sich und ging in die Küche um Caffè aufzusetzen.

Mit einer Tasse des schwarzen Gebräus und einer Zigarette ging er in sein Arbeitszimmer und rief Ghetti an.

„*Buon giorno, Michele.*"

„Roberto! Bist du aus dem Bett gefallen, oder ist das schon senile Bettflucht?"

„Behalte die dummen Sprüche für dich", brummte Marek, der nur sehr ungern auf sein Alter angesprochen wurde.

„Hat die Spurensicherung auf dem Friedhof etwas

ergeben?"

„Nein, leider nichts von Bedeutung. Viele Fußabdrücke von unterschiedlichen Schuhen, aber keine
verwertbaren Spuren und keine DNA.

„Schade. Haben deine Kollegen den Mazzola
schon überprüft?"

„Er hat ein wasserdichtes Alibi. Er war für seine
Firma in Rom auf einem Lehrgang."

„Wäre auch zu einfach gewesen, aber Silvana hat
etwas über den toten Anwalt aus Mestre herausgefunden. Vor zweieinhalb Jahren wurde in Mestre eine
Studentin vergewaltigt, erwürgt und einfach wegge-
worfen. Der Name des Mädchens war Beatrice Maria
Justiniano. Der Täter, ein polizeibekannter, kleinkri-
mineller Rumtreiber wurde kurz darauf verhaftet
und angeklagt. Die Verteidigung übernahm freiwillig
der Staranwalt Scarpa höchstpersönlich. Das Ergebnis waren lächerliche drei Jahre für das Schwein. Da
übt jemand Selbstjustiz. Die Justinianos sollen eine
angesehene venezianische Familie sein. Deine Kollegen sollen auch da den Vater überprüfen."

„*Bene*, ich gebe es weiter. Und was machst du
jetzt?"

„Ich kümmere mich um die Bedeutung der Skizze.
Silvana hat mir den Namen eines Mystik Experten
besorgt. *Ciao*."

Doch bevor er das tat, musste er erst einmal etwas frühstücken.

Er klatschte sich etwas Wasser ins Gesicht, zog sich schnell an und eilte zu dem kleinen Markt um die Ecke.

Dort bekam er noch die vier letzten Cornetti. Zufrieden machte er sich auf den Heimweg.

***

Nachdem er zwei Tassen Caffè getrunken und drei Hörnchen verspeist hatte, ging er mit seinem letzten Cornetto zufrieden hinüber in sein Arbeitszimmer und wählte die Nummer, die Silvana ihm gegeben hatte.

„*Buon giorno*, ich bin Commissario Marek aus Caorle. Könnte ich bitte Signor Rossi sprechen? Ah, Sie sind es selbst…ja, es handelt sich um ein mysteriöses Rätsel…es ist mehr eine Zeichnung und ich kann nicht sehr viel damit anfangen…ich bräuchte da Ihren Rat und Ihr Fachwissen…eine Freundin, sie arbeitet beim Gazzettino, gab mir Ihren Namen…ja, das lässt sich einrichten. Vielen Dank, dass Sie am Wochenende für mich Zeit haben. Dann bis morgen um elf Uhr."

Das war geschafft. Zufrieden stopfte er sich das letzte Stück seines Hörnchens in den Mund.

***

Marek war gerade auf dem Rückweg von einem ausgedehnten Spaziergang, als Ghetti anrief.

„Wir haben eventuell noch einen Toten."

„Was heißt eventuell? Muss er erst noch umgebracht werden, oder was?"

„Nein, tot ist er schon, aber wir wissen noch nicht ob es einen Zusammenhang mit den ersten beiden Fällen gibt."

„Wieso?"

„Weil er nicht über einem Grabstein hing."

„So, wo hing er denn?"

„Er hing nicht. Er saß, und zwar heute früh vor dem Portal der Basilica di Sant' Antonio in Padua. Todesursache war diesmal ein Kopfschuss aus kurzer Distanz. Er muss seinem Mörder genau gegenüber gestanden haben. Höchstens zwei Meter, wie die Kollegen sagen."

„Lass mich raten. Der Mann ist Anwalt."

„Richtig, aber Staatsanwalt.   Auf seiner Brust war ein Zettel befestigt auf dem stand *ich bereue*."

„Da besteht garantiert ein Zusammenhang. Erst die Grabsteine, jetzt eine Kirche und der Zettel. Unser Täter variiert, aber das gehört zusammen. Wie hieß der Mann?"

„Nicolo Heraldini."

„Also habe ich nun auch noch ein H."

„Aber bisher waren die Buchstaben doch passend zu den Namen auf den Grabsteinen…"

„…da wir jetzt keinen Grabstein haben, muss ich den Namen des Opfers nehmen. Bin gespannt, was der Rabbi morgen dazu sagt."

„Habe ich gerade Rabbi gehört?"

„Ja, das ist der Mystik Experte und bei dem habe ich morgen einen Termin."

„Aha", meinte Ghetti, dem das alles langsam *zu* mystisch vorkam.

„Bevor ich es vergesse. Die Kollegen haben das Alibi von Justiniano überprüft. Die Justinianos sind tatsächlich eine angesehene Familie. So etwas wie der verarmte Stadtadel von Venedig. Cesare Justiniano führt eine kleine Galerie und hatte zum Tatzeitpunkt eine Vernissage mit mindestens zwanzig Zeugen."

„Wieder einer weniger. Dann besorge bitte alles, was du über diesen Heraldini bekommen kannst. Wir sprechen uns dann morgen, wenn ich zurück bin."

8

Marek war schon früh auf den Beinen.

Die Fahrt nach Verona dauerte normalerweise etwas mehr als zwei Stunden. Nur nicht mit seinem alten Lada Niva. Da musste er schon fünfzehn bis zwanzig Minuten mehr einkalkulieren.

Er trank seinen Caffè aus und sah aus dem Fenster. Es war bedeckt aber trocken.

Für ein ausgedehntes Frühstück hatte er keine Zeit mehr, das musste er später nachholen. Daher kleidete er sich rasch an, und machte sich auf den Weg.

Glücklicherweise hielt sich die Anzahl der Baustellen in Grenzen und so kam er gut voran.

Um zwanzig Minuten vor elf fuhr Marek am monumentalen Stadttor Porta Nuova, dass Mitte des sechzehnten Jahrhunderts errichtet wurde, vorbei in die Altstadt.

Da er in den kleinen, schmalen Straßen keinen Parkplatz finden konnte, stellte er seinen Lada in einem Parkhaus südlich der bekannten Arena di Verona ab und machte sich zu Fuß auf den Weg zur Via Oro, einer kleinen, schmalen Gasse in mitten des historischen, von der Etsch umschlossenen Stadtkerns.

Fünfzehn Minuten später stand er vor der ockerfarbenen Fassade des klassizistischen Bauwerks.

Vor dem Eingang patrouillierte ein, mit einer Maschinenpistole bewaffneter Polizist.

Marek holte tief Luft und ging hinein, wo er direkt von einem Mann angehalten wurde.

„*Scusi*, wo möchten Sie hin?"

„Ich möchte zu Rabbi Ivo Rossi. Ich bin angemeldet."

„Aber doch nicht so."

„Wie meinen Sie das?"

„Sie müssen in diesem Haus eine Kippa tragen."

„Ich habe aber keine."

„Kein Problem. Nehmen Sie diese. Wenn Sie gehen, legen Sie die Kippa bitte wieder hier auf den Tisch. Der Rabbi ist dort vorne."

„*Grazie*."

Marek befestigte die Kopfbedeckung mit einem Clip an seinen Haaren und betrat den großen, reich verzierten Gebetsraum.

Ganz vorne in der ersten Reihe auf der linken Seite sah er einen Mann mittleren Alters in einem schwarzen Anzug, der in einem Buch las. Das musste er sein.

„Signor Rossi?"

Der Mann sah von seinem Buch auf.

„Ja, was kann ich für Sie tun?"

„Mein Name ist Marek, wir hatten telefoniert."

„Ah, der Commissario aus Caorle. Kommen Sie, gehen wir in mein Büro."

Dort nahm der Rabbi hinter einem völlig überladenen Schreibtisch Platz und bot Marek einen Sessel an.

„Signor Rossi, man sagte mir sie seien Experte für Mystik und Symbole."

Der Rabbi lächelte.

„Ich beschäftige mich beinahe zwangsläufig damit, ja."

„Warum zwangsläufig, wenn ich fragen darf?"

„Nun, der jüdische Glaube steckt voller Mystik und Symbolik. Denken Sie nur an die Kabbala. Aber was kann ich für Sie tun?"

„Ich helfe der Polizei in Caorle bei den Ermittlungen in einem mysteriösen Mordfall. Ein Priester, der offenbar mehr über den Mord weiß, mir aber nichts sagen darf, gab mir eine rätselhafte Skizze, in der die Lösung liegen soll. Nur kann ich leider damit nichts anfangen."

„Ich verstehe, das Beichtgeheimnis. Darf ich die Skizze einmal sehen?"

Marek zog eine Kopie aus der Tasche und reichte sie dem Rabbi.

„Er hat ein M in den unteren Kreis geschrieben

und gesagt *finden Sie die Bedeutung von M und Sie finden auch die Buchstaben für die anderen Kreise, sowie deren Bedeutung."*

Als der Rabbi sich die Skizze betrachtete, lächelte er wieder.

„Und das hat Ihnen ein katholischer Priester gegeben?"

„Ja, warum?"

„Weil diese Zeichnung eben aus jener Kabbala stammt und die ist eine mystische Tradition des Judentums, um es einmal zusammenfassend zu erklären. Dies ist das Abbild von *Ez Chajim,* des kabbalistischen Lebensbaums."

„Was will er mir denn damit sagen? Was bedeutet das alles?"

„Ich versuche es Ihnen zu erklären, es ist aber sehr komplex."

„Wenn es mir weiterhilft."

„Nun gut. Der Lebensbaum besteht aus zehn Kreisen. Nun muss man wissen, dass im hebräischen Alphabet hinter jedem Buchstaben ein Zahlenwert steht. Also bedeuten die Kreise die Zahlen eins bis zehn. Verbunden sind die Kreise im Baum durch zweiundzwanzig Pfade, wie die zweiundzwanzig Buchstaben des hebräischen Alphabets. Was für Sie wahrscheinlich interessanter ist, die zehn Kreise stehen auch für die zehn Sephiroth. Das ist die hebräische Bezeichnung für die zehn göttlichen Emanationen im kabbalistischen Lebensbaum."

Marek sah sich im Moment völlig überfordert, versuchte aber tapfer den Ausführungen des Rabbi zu folgen.

„Die Namen der Sephiroth sind in der Reihenfolge von oben nach unten und von rechts nach links den Kreisen zugeordnet. Auf die ausführliche Erklärung was die Namen bedeuten können wir wahrscheinlich verzichten. Gehen wir sie der Reihenfolge nach durch. Eins ist *Kether*…"

Der Rabbi notierte den Namen im obersten Kreis der Skizze.

„…zwei ist *Chochmah*, drei steht für *Binah*, vier ist *Chesed*, fünf *Gewurah*, sechs, und das ist jetzt der Kreis in der Mitte, der eigentlich etwas nach unten versetzt sein sollte, steht für *Tiphareth*, sieben für *Netzach*, acht ist *Hod*, neun *Jesod* und zehn *Malchuth*. Sehen Sie jetzt, was ihr Priester gemeint hat?"

Marek war erstaunt.

„*Malchuth* ist das M und ich habe noch zwei Buchstaben. Ein J für *Jesod* und ein H für *Hod*."

„Er verwendet den Baum nur als Rätsel ohne seine Bedeutung dabei zu beachten. Außerdem geht er rückwärts. Er fing bei zehn an, dann neun und ich schätze, dass er nicht von rechts nach links geht, sondern umgekehrt. Deshalb kommt das H vor dem N. Es geht ihm nur um die Anfangsbuchstaben der Sephiroth."

„Das würde bedeuten, der nächste Buchstabe ist N. Signor Rossi, Sie haben mir unglaublich weitergeholfen. Vielen Dank."

„Gerne, aber da ist noch etwas. Über dem Kreis in der Mitte, *Tiphereth*, gibt es noch einen elften Kreis. Er steht für *Da'at*. Das ist eigentlich keine Sephira, sondern repräsentiert den Zustand, in dem alle zehn Sephiroth mystisch vereint sind. *Da'at* bedeutet Erkenntnis."

„Das heißt, wenn ich die Bedeutung aller zehn Buchstaben herausfinde, weiß ich um was es geht."

„So würde ich das interpretieren."

Marek verabschiedete sich und verließ nachdenklich die Synagoge. Draußen auf der Straße bemerkte er, dass er die Kippa noch trug. Schnell nahm er sie ab und brachte sie zurück. Dann schlenderte er gedankenverloren zu seinem Wagen.

9

Es war schon fast drei Uhr am Nachmittag, als Marek seine Wohnungstür aufschloss.

Da er jetzt nicht mehr kochen wollte, hatte er sich unterwegs eine Pizza besorgt, die er nun genüsslich verspeiste.

Sie war gar nicht so schlecht, wie er befand. Dünner knuspriger Boden, gute Salami und frische Pilze; dazu ordentlich Käse.

Nachdem er das letzte Stück verputzt hatte, steckte er sich eine Zigarette an und nahm das Telefon um Ghetti anzurufen.

„*Ciao Michele*. Ich bin wieder zurück und es war sehr aufschlussreich."

„In wie fern?"

„Der Rabbi hat mir sehr geholfen. Er hat einen Teil des Rätsels gelöst. Die Skizze zeigt den kabbalistischen Baum des Lebens…"

„Den was? Was zum Teufel heißt denn kabbalistisch?"

„Die Kabbala ist ein mystisches, religiöses jüdisches Werk und daraus hat Padre Bertoni die Skizze entnommen. Jetzt habe ich für alle Kreise schon einmal einen Buchstaben."

„So und wie kannst du dir da so sicher sein?"

„Die ersten drei stimmen zumindest schon über-ein."

„Toll und wie können wir nun verhindern, dass es zu den restlichen Buchstaben die passenden Leichen gibt?"

Diese berechtigte Frage Ghettis verhagelte Marek die Laune. Er hatte darauf auch keine Antwort parat.

„Sag mir lieber was du über diesen Staatsanwalt herausgefunden hast", wechselte er schnell das The-ma.

„Der ist ganz interessant. Nicolo Heraldini, vier-undvierzig Jahre alt und ledig, war Staatsanwalt in Padua. Er war hoch angesehen und wegen seines Verhandlungsgeschicks stand er auch ganz oben auf der Liste für Nachfolge des Oberstaatsanwalts, wenn der jetzige in vier Monaten in Ruhestand geht. Die Kollegen fanden Spuren vor seiner Villa die darauf hindeuten, dass er dort erschossen wurde. Zeugen gibt es leider keine. Der ballistische Befund ist auch interessant. Heraldini wurde mit einem Wadcutter-geschoss Kaliber .32 getötet."

„Was? Das Zeug benutzen doch nur noch Sport-schützen um auf Pappscheiben zu ballern. Anderer-seits ist es gar nicht so dumm. Die Dinger bestehen aus Blei, sind vorne platt und verformen sich fast bis zur Unkenntlichkeit. Rückschlüsse auf eine bestimmte Waffe sind dann nicht mehr möglich. Deswegen auch die kurze Distanz."

„Wieso?"

„Weil diese Munition eine geringe Treibladung hat. Auf größere Entfernungen beginnt das Geschoss zu trudeln und du triffst keinen Möbelwagen damit."

„Ach so. Das heißt, wir suchen jetzt einen Sportschützen."

„Eine Überprüfung könnte nicht schaden. Was hast du noch?"

„Der Zettel auf seiner Brust wurde mit einem billigen Drucker auf billigem Papier gedruckt. Keine Chance ihn zurück zu verfolgen."

„Das bringt uns auch nicht viel weiter. Was ist denn mit seinen Fällen? Ist da etwas dabei? Vergewaltigung, Mord oder so etwas?"

„Einer seiner letzten Prozesse könnte einen Hinweis geben. Vor einem Monat führte er die Anklage gegen einen libyschen Flüchtling namens Hamza el-Obeidi, der wegen wiederholter sexueller Belästigung Minderjähriger und einem Fall von Vergewaltigung vor Gericht stand. Während des Prozesses handelte er jedoch einen Deal mit dem Angeklagten aus."

„Was für einen Deal?"

„Als Gegenleistung für die Nennung libyscher

Schleuser und deren Routen musste er hier nicht ins Gefängnis, sondern wurde auf seinen Wunsch hin in sein Heimatland abgeschoben. Das hat natürlich für Aufsehen gesorgt."

„Das glaube ich gern. Wie kann man so einen Scheißkerl freilassen und warum flüchtet er aus Libyen zu uns, wenn er sich dann wieder dorthin abschieben lässt?"

„Kann ich dir sagen. Durch diesen Deal erlangte unser Staatsanwalt hohes Ansehen in der Politik, nur später stellte sich heraus, dass der abgeschobene Flüchtling eigentlich Syrer war, als Gefährder galt und mit gefälschtem libyschen Pass hier Asyl beantragt und erhalten hatte."

„Und das ist den Behörden natürlich nicht aufgefallen. Klasse. Damit passt aber der Herr Staatsanwalt ebenfalls in unser Schema."

„Welcher Buchstabe wäre denn gemäß deiner Zeichnung als nächstes dran?"

„Das wäre dann N, falls unser Täter sich an die Reihenfolge hält."

„Und was sollen wir tun? Wir können doch nicht einfach auf den nächsten Mord warten."

„Nein, natürlich nicht. Wir haben ja jetzt einen kleinen Anhaltspunkt. Da alle drei Morde Bezug zu Vergewaltigungsprozessen haben, sollten wir da einhaken. Besorg mal alle ähnlich gelagerten Fälle, bei denen es zu einem Prozess kam. Ich würde es momentan noch auf Venetien eingrenzen."

„Und welchen Zeitraum?"

„Sagen wir die letzten drei Jahre."

„Da habe ich ja zu tun. Mal sehen, was Maggiore Mambretti dazu sagt, wenn ich meine Zeit damit verbringe."

„Grüß ihn von mir. *Ciao*."

***

Marek faltete die Wochenendausgabe der Zeitung zusammen und legte sie beiseite.

Die Presse hatte sich bislang in Bezug auf die drei Mordfälle sehr zurückgehalten, was schon in Anbetracht der Umstände seltsam war.

Einen Zusammenhang hatte wohl noch niemand hergestellt.

Auch im Gazzettino, Silvanas Brötchengeber, wurden die Fälle unter Regionales abgehandelt.

Nur die Carabinieri wussten durch Ghettis Anfrage um die Verbindung. Aber sie durften, mit Ausnahme des Falles der toten Anwältin in Caorle, nicht ermitteln. Das war in den beiden anderen Fällen Sache der jeweiligen Questura.

Marek hoffte, dass die vornehme Zurückhaltung der Presse noch eine Weile anhalten würde. Anderenfalls müsste er sich Silvnas Drängen nach ihrer Exklusivstory erwehren. Und dazu hatte er absolut keine Lust, denn sie konnte in so einem Fall sehr ausdauernd nerven.

„Wenn man vom Teufel spricht…", dachte er, als er auf dem Display sah, wer ihn gerade anrief.

„*Ciao cara*, gerade habe ich an dich gedacht."

„Alter Schwindler. Ich wollte nur schnell hören, wie es bei Rossi war. Konnte er dir weiterhelfen?"

„Und wie. Ich habe jetzt alle Buchstaben zusammen."

„Konnte er also mit der Zeichnung etwas anfangen?"

„Ja, er hat sie sofort erkannt. Es soll der kabbalistische Lebensbaum sein…"

„…ja sicher, daher kannte ich die Skizze."

„Sag nur, du kennst die Kabbala?"

„Steht bei mir im Regal. Ich hatte sie nur schon lange nicht mehr in der Hand."

„Muss ich mir bei Gelegenheit einmal ausleihen. Scheint interessant zu sein. Übrigens hat sich der Rabbi gewundert, dass ein katholischer Priester sich dieser Symbolik bediente."

„Kann ich verstehen. Habt ihr sonst noch etwas herausgefunden?"

„Tja, der Padre hat mit dem M am Ende, beim

zehnten Kreis angefangen. Das J war der neunte und das H der siebte Kreis…"

„Moment, was ist mit Nummer acht?"

„Das ist es ja. In der Kabbala sind die Kreise von oben nach unten und von rechts nach links nummeriert. Der Padre hat aber unten angefangen und von links nach rechts."

„Aber wie konnte er das wissen?"

„Was wissen?"

„In welcher Reihenfolge die Morde geschehen?"

„Das ist die große Frage. Offenbar hat der Täter ihm seinen ganzen Plan offeriert. Ich versuche ihn morgen noch einmal zu sprechen."

„Hast du Michele Bescheid gesagt?"

„Wegen was?"

„Na dem Personenschutz für den Richter und den Avvocato aus Padua. Du weißt schon, der Prozess…"

„Hab ich vergessen. Kannst du mir die Namen sagen? Dann vergleiche ich sie mit der Skizze, ob sie überhaupt dabei sind."

„Richter Matteo Kofler…"

„Wie?"

„Ja, der ist aus Trento, glaube ich. Der Verteidiger war Avvocato Alberto Constantini."

„K und C sind Nummer eins und zwei. Ich rufe sofort Michele an."

„Der Angeklagte hieß übrigens Bahadur. Ist der auch dabei?"

„Wäre mir persönlich eigentlich scheißegal, aber B ist die Drei."

„Dann hast du ja alle zusammen…"

„…und damit den elften Kreis. Ich habe *Da'at* – die Erkenntnis erlangt, kann aber im Moment herzlich wenig damit anfangen."

10

„Signor Negri", die Stimme von Signorina Spalletti klang aufgeregt.

„Ja, was gibt's denn Signorina?"

„Ich habe hier einen Anrufer in der Leitung…"

„…dann stellen Sie ihn doch durch", unterbrach Negri sie gereizt.

Diese neue Sekretärin konnte mit ihrer umständlichen Art einem manchmal wirklich auf den Wecker gehen.

„Er weigert sich seinen Namen zu nennen, sagte aber es sei sehr wichtig."

„Dann legen Sie auf", entgegnete er unwirsch und widmete sich wieder den Verträgen auf seinem Schreibtisch.

Salvatore Negri war Geschäftsführer eines großen Autohauses in Rovigo und stand auch sonst auf der Sonnenseite des Lebens.

Er hatte eine hübsche und vor allen Dingen sehr reiche Frau, die das Geschäft mit in die Ehe brachte, ein großes Haus und war bestens vernetzt bis in die Regionalpolitik.

Fünf Minuten später meldete sich Signorina Spalletti erneut.

„Der Anrufer, also der von vorhin, ist wieder dran und er will auch jetzt keinen Namen nennen."

„Verdammt! Dann legen Sie einfach wieder auf und stören mich nicht dauernd mit solch einem Blödsinn."

„Aber er hat gesagt, wenn ich noch einmal auflege, wird es Ihnen sehr leid tun. Er hätte sehr wichtige Informationen, die er nur mit Ihnen persönlich besprechen kann."

Negri überlegte kurz. Was kann dieser ominöse Anrufer von ihm wollen?

„Na gut, stellen Sie ihn durch."

„Signor Negri?"

„*Si*. Wer sind Sie? Was wollen Sie von mir?"

„So viele Fragen. Nun zuerst müssen Sie wissen, dass Sie mir nicht entkommen können. Es ist also unklug mich einfach ignorieren zu wollen."

Die Stimme klang ruhig und überlegen.

„Sagen Sie mir was Sie wollen, oder ich rufe die Polizei."

Negri war leicht verunsichert, was seinem Gegenüber nicht verborgen blieb.

„Tun Sie das", lachte die Stimme am anderen Ende der Leitung, „die werden sich sicher auch für Ihr kleines, schmutziges Hobby interessieren."

Negri wurde blass und er hatte das Gefühl, sein

Hemdkragen würde ihm zu eng.

Mit zittrigen Händen lockerte er den Knoten seiner Krawatte.

„Jetzt sind Sie doch überrascht. Nicht wahr, Signor Negri?"

Er bemühte sich um Fassung.

„Sind Sie noch da?"

„Ja, ja", seine Stimme klang rau wie Schmirgelpapier. „Was wollen Sie von mir?"

„Nicht viel. Nur ein Treffen unter vier Augen."

Negri wusste nicht so genau, ob er jetzt erleichtert, oder auf der Hut sein sollte.

„Und dann?"

„Das werden Sie sehen. Kommen Sie heute Abend zum Torre Donà an der Piazza Giacomo Matteotti."

„Ich weiß wo das ist. Um welche Uhrzeit?"

„Sagen wir um zehn. Da sind wir ungestört. Es soll ja niemand unser Gespräch mitbekommen, oder?"

Nachdem das Telefonat beendet war, rief Negri seine Sekretärin zu sich ins Büro.

„Signorina Spalletti, sagen Sie bitte alle Termine für heute ab. Ich muss dringend weg und komme heute auch nicht mehr rein."

„*Si, Signor Negri.* Ist es Ihnen nicht gut?"

„Wie? Doch, doch. Alles in Ordnung. Nun machen

Sie schon."

Signorina Spalletti zog eine Schnute und stöckelte hinaus, während er seinen Aktenkoffer nahm und eilig das Büro verließ.

***

Es war schon dunkel, als Negri seinen Wagen am Corso del Popolo abstellte, und langsam zur alten Wehranlage hinüber ging.

Nervös sah er auf seine Armbanduhr. Es war kurz vor zehn.

An der Seite des großen Turms blieb er stehen und sah sich um. Es war um diese Zeit niemand mehr zu sehen. Nur aus einem Café vorne an der Piazza drangen noch Stimmen zu ihm herüber.

Plötzlich vernahm er ein Geräusch und jemand rief leise seinen Namen.

An der Ecke des Turms stand ein mittelgroßer, dunkelhaariger Mann von etwa fünfundvierzig Jahren und winkte ihn zu sich.

„Wer sind Sie? Was wollen Sie von mir?"

„Ich denke das wissen Sie, sonst wären Sie nicht hier. Kommen Sie, hier sind wir ungestört."

***

Marek saß bei offenem Fenster am Küchentisch und widmete sich gerade intensiv seinem Frühstück sowie der Lektüre der Zeitung.

Es hatte in der Nacht geregnet und entsprechend frisch war die leichte Brise, die hereinwehte.

Er las gerade Silvanas Nachbetrachtung des Prozesses in Padua, als Ghetti anrief.

„*Buon giorno Roberto*. Ich habe jetzt die Fallakten zusammen. Das sind doch wesentlich mehr, als ich vermutet hatte. Es ist wirklich unglaublich wie viele Sexualdelikte es bei uns hier gibt. Ich muss den größten Teil noch ausdrucken. Könntest du mir später beim Sichten helfen? Ich brauche sonst Tage bis ich da durch bin."

„Klar, ich bin gegen Mittag bei dir."

Marek sah auf die Uhr. Soviel Zeit blieb ihm nicht mehr.

Er faltete die Zeitung zusammen, steckte den Rest seines Hörnchens in den Mund und spülte mit einem Schluck Caffè nach.

Eine halbe Stunde später betrat er Ghettis Büro.

„Gut, dass du schon da bist. Ich wollte dich gerade anrufen."

„Wieso? Ich hatte doch gesagt, dass ich gegen Mittag komme."

„Ich glaube du hast deinen vierten Buchstaben."

„Scheiße! Was ist passiert?"

„Setz dich. Die Meldung kam gerade rein. Heute früh wurde in Rovigo die verstümmelte Leiche eines

Mannes gefunden."

„In Rovigo? Die Streuung wird immer breiter. Und wer war es diesmal?"

„Ein gewisser Salvatore Negri, zweiundvierzig Jahre alt, verheiratet, keine Kinder. Er war Geschäftsführer eines großen Autohauses."

„Und wie passt der bei uns ins Schema? Hört sich doch ganz nach heile Welt an."

„Offenbar nicht so ganz, denn der saubere Signor Negri hatte wohl ein dunkles Geheimnis."

„Das klingt aber schwer nach einem Kitschroman. Was hat er denn gemacht? Anderen Kindern das Pausenbrot geklaut?"

„Nein, es wurde bereits zweimal wegen des Verdachts der Pädophilie gegen ihn ermittelt."

„Oh, lass mich raten…er wurde jedes Mal freigesprochen."

„Noch besser…es kam nie zu einer Verhandlung. Er hatte wohl Beziehungen bis in die höchsten Kreise, auch in die der Polizei und der Staatsanwaltschaft."

Marek wurde schlecht. Zu oft hatte er schon erleben müssen, wie solche Schweine aufgrund von Beziehungen nie zur Rechenschaft gezogen wurden.

„Gab es keine Beweise?"

„Doch schon, aber die sind dann irgendwie nicht mehr auffindbar gewesen."

„Ach so einer war das. Wie wurde er getötet?"

„Heute Morgen fanden ihn zwei Touristen hinter dem Torre Donà, einem Turm der zur alten Stadtbefestigung von Rovigo gehört, in einer riesigen Blutlache liegend. Er hatte eine Stichverletzung im Brustbereich und ihm wurden die Genitalien abgeschnitten. Laut Gerichtsmediziner hat der Stich die Lunge perforiert und er wäre daran gestorben, aber er äußerte die Vermutung, dass der Mann bei der Kastration noch gelebt hat. Genau kann er das aber erst nach der Obduktion sagen."

„Aua. Ich denke du hast recht, der passt in unser Schema. Dann hätten wir den Buchstaben N, was wiederum der Reihenfolge der Skizze entspricht."

„Ich erwarte noch einen Rückruf, was die Befragung seiner Frau und seiner Mitarbeiter ergeben hat."

„Falls die Questura die Sache nicht schon übernommen hat."

„Da ich das befürchte, habe ich die Kollegen gebeten die Befragung vorzuziehen. Wir werden bald Bescheid bekommen."

„Sehr gut. Mich wundert nur, dass noch niemand außer uns einen Zusammenhang zwischen den Morden hergestellt hat. Weder bei der Polizei, noch in der Presse."

„Stimmt, und Silvana darf nicht."

„Erinnere mich nicht daran. Lange kann ich sie nicht mehr zurückhalten", seufzte Marek.

„So, dann versuchen wir mal die restlichen Morde zu verhindern. Gibst du mir einen Teil der Akten? Ich setze mich drüben an den Tisch."

***

Über zwei Stunden hatten sie nun mittlerweile Fallakten studiert, nach pro und contra sortiert und Notizen gemacht.

Marek schmerzte der Rücken. Er stand auf und streckte sich ausgiebig.

„Ich muss mir mal die Beine vertreten. Wie weit bist du?"

„Fast durch. Zum Glück sind es nicht so viele, die für uns infrage kommen."

„Bei mir auch nicht. Das macht es vielleicht einfacher. Wir werden sehen. Ich bin dann mal für ein paar Minuten weg."

Draußen vor der Caserma steckte er sich eine Zigarette an und schlenderte Richtung Altstadt.

Als er gerade die Piazza Papa Giovanni überquerte, sah er von weitem Padre Bertoni in die Calle delle Liburniche einbiegen.

„Hallo Padre", rief er außer Atem, als er ihn eingeholt hatte.

Der Priester blieb überrascht stehen.

„Ah, Commissario. Wie gehen Ihre Ermittlungen voran? Konnten Sie mit meiner kleinen Zeichnung eventuell schon etwas anfangen?"

„Zum Stand der Ermittlungen darf ich Ihnen nichts sagen, aber das kennen Sie ja…"

„So etwas nennt man dann wohl eine Retourkutsche", schmunzelte Bertoni.

„…aber mit Ihrer Zeichnung bin ich ein ganzes Stück weiter", fuhr Marek unbeeindruckt fort.

„Ich habe jetzt alle Buchstaben."

„Oh, das hätte ich nicht gedacht. Sie sind gut. Wie sind Sie darauf gekommen?"

„Auch das kann ich Ihnen nicht sagen, aber mich würde interessieren, warum Sie als katholischer Priester ein jüdisches Symbol verwenden."

Bertoni zuckte die Schultern.

„Weiß ich eigentlich auch nicht. Es passte halt irgendwie zu meinen Informationen. Ich muss jetzt weiter. Viel Glück und Gottes Segen, Commissario."

„Ihnen auch, Padre", murmelte Marek und machte sich auf den Rückweg.

11

„Ich habe gerade Padre Bertoni getroffen."

Ghetti sah von einer Akte auf.

„Und?"

„Auf der einen Seite wollte er mir glauben machen, dass er nicht weiß warum er diese Skizze aus der Kabbala wählte, war dann aber erstaunt, dass ich alle Buchstaben habe und wollte wissen, wie ich darauf gekommen bin."

„Du hast es ihm aber nicht gesagt."

„Nein, natürlich nicht."

„Und was soll uns das jetzt sagen?"

„Ich habe immer mehr das Gefühl, dass er noch umfassendere Informationen besitzt, als wir bisher angenommen hatten. Und ich glaube, dass er sehr genau geplant hat, was er mir gibt."

„Das wirst du aber nie erfahren."

„Nein, wahrscheinlich nicht. Du hast recht. Lass uns weitermachen."

„Ich bin jetzt durch. Wieviel hast du noch?"

„Fünf oder sechs."

„Dann gib mir noch welche damit wir fertig werden. Ich muss zwischendurch auch mal meine Arbeit machen."

„Das ist doch deine Arbeit."

„Du weißt was ich meine. Der Fall Giacomelli ja, aber die anderen Fälle, nein."

„Die hängen doch zusammen."

„Aber ich kann mich da nicht einmischen. Das ist Sache der *Polizia di Stato*."

„Aber die ahnen doch überhaupt nichts von einem Zusammenhang."

„Wer ahnt nichts von welchem Zusammenhang?"

Maggiore Mambretti hatte unbemerkt das Büro betreten.

„Ah, Commissario. Schön Sie einmal wieder zu sehen."

„Freut mich auch, Maggiore."

„Also von was reden Sie?"

„Sie kennen ja den Fall der Toten auf dem Grabstein."

„Ja, die Anwältin aus Verona. Was ist damit?"

„Wie Sie wissen, wurde sie mit Rizin vergiftet, was einen langen und qualvollen Tod bedeutet. Nun gibt es drei weitere Morde, die aus unserer Sicht in das Schema passen."

„Was? Noch drei Morde? Wieso weiß ich nichts davon?"

„Weil sie nicht hier begangen wurden, Maggiore. In Mestre wurde ein bekannter Anwalt ermordet über einem Grabstein hängend gefunden. Er wurde offenbar gefoltert und erdrosselt. In Padua wurde ein Staatsanwalt erschossen und vor einer Kirche abgelegt. Auf der Brust hatte er einen Zettel mit den Worten *ich bereue*. Und heute Morgen kam die Meldung rein, dass man in Rovigo einen Geschäftsmann aufgefunden hat; erstochen und kastriert."

„*Santa madre*! Und warum glauben Sie, dass diese Fälle einen Bezug zueinander haben?"

„Sie haben sicher in der Akte eine Kopie der Skizze gesehen, die Padre Bertoni mir gab."

„Ja, aber um ehrlich zu sein, konnte ich damit nichts anfangen."

„Die Zeichnung stellt den kabbalistischen Lebensbaum dar. Zu den Kreisen gehören Begriffe aus der jüdischen Mystik, deren Anfangsbuchstaben zu den bisherigen Opfern in Bezug stehen."

Dass er anfänglich auch keine Ahnung hatte was es mit der Skizze auf sich hatte, verschwieg Marek.

„Was bedeutet das jetzt für uns?", fragte Mambretti leicht überfordert.

„Das bedeutet, dass es zehn Kreise und bisher vier Tote gibt."

„Und gibt es da ein Muster?"

„Ja, alle bisherigen Opfer hatten in der näheren Vergangenheit mit Sexualdelikten zu tun. Nummer eins und zwei hatten Vergewaltiger und Mörder verteidigt und vergleichsweise milde Strafen für ihre Mandanten erreicht. Nummer drei war Ankläger in solch einem Prozess. Doch er handelte mit dem Angeklagten einen Deal aus. Der Herr Staatsanwalt bekam Informationen, die seiner Karriere förderlich waren. Dafür musste der Angeklagte nicht ins Gefängnis, sondern wurde abgeschoben."

„Und Nummer vier?"

„Der passt nicht direkt ins Bild, aber er gehört mit Sicherheit dazu. Gegen ihn wurde mehrfach wegen Pädophilie ermittelt, aber es kam nie zu einem Verfahren. Der Mann hatte Freunde. Sehr gute Freunde."

„Ich verstehe. Versuchen Sie mit allen Mitteln weitere Morde zu verhindern."

„Ja, aber wir können nicht offiziell daran arbeiten, da die jeweilige Questura die Fälle bearbeitet. Und die jeweiligen Ermittler haben bislang noch keinen Zusammenhang zwischen den Fällen hergestellt."

„Dann machen Sie es auf Ihre Weise, Commissario", entgegnete Mambretti augenzwinkernd und ging hinaus.

Marek sah Ghetti grinsend an.

„Das würde ich doch jetzt als grünes Licht interpretieren, oder was meinst du Michele?"

„Sehe ich auch so. Na dann los."

Großzügig wie er war, reichte er Ghetti drei Akten, während er noch zwei zu bearbeiten hatte.

„So, was haben wir?", fragte er, nachdem sie alles gesichtet und sortiert hatten.

„Gehen wir am besten der Reihenfolge der Skizze nach. Zuerst käme G."

„Da haben wir vier Namen:

Greco

Gallo

Gentile

und Grasso

Andrea Greco saß zweieinhalb Jahre wegen sexueller Belästigung. Benito Gallo stand zweimal wegen Exhibitionismus vor Gericht. Er kam jedes Mal mit Bewährung davon…"

„…die beiden können wir vergessen. Was ist mit den anderen?"

„Enzo Gentile saß vier Jahre wegen Vergewaltigung einer Minderjährigen."

„Wer ist der Letzte?"

„Mario Grasso. Saß zwei Jahre in der Psychiatrie. Hatte eine Touristin vergewaltigt und einen Abhang hinuntergestoßen. Sie überlebte wie durch ein Wunder. Seine Anwältin…"

„…behauptete, er hätte Stimmen gehört, die ihm die Tat befohlen hätten. Die Akte hatte ich. Und diese

Anwältin hieß Sofia Giordano. Damit sind es drei Namen. Was haben wir mit T?"

„Nur einen. Federico Testa ist ein Industrieller aus Vicenza."

„Was hat der denn verbrochen?"

„Das was unser früherer Ministerpräsident auch gemacht hat. Bunga Bunga Partys für die Schönen und Reichen. Irgendwann fand man eines der minderjährigen Mädchen in der Nähe seiner Villa tot auf. Laut Gerichtsmediziner wies sie Verletzungen auf, die auf eine Vergewaltigung hindeuteten. Gestorben ist sie an einer Überdosis Heroin, die ihr wohl gewaltsam verabreicht wurde."

„Lass mich raten. Der feine Signor Testa kam nicht vor Gericht."

„Genau. Die Staatsanwaltschaft hatte nur eine Zeugin, die aber kurz vor der Anhörung spurlos verschwand."

„Es ist zum Kotzen, dass wir den auch noch beschützen müssen. Dann haben wir noch C."

„Da gibt es fünf Namen:

Caputo

Carbone

Coppola

Cattaneo

und Conte

Wenn wir uns auf die schwereren Fälle beschränken, können wir die vier Akten die ich hatte wohl vergessen."

„Bleiben noch Coppola und Caruso."

„Moment. Wer ist Caruso?"

„Gino Coppola bekam sechs Jahre wegen Vergewaltigung mit Todesfolge. Vier davon hat er abgesessen. Die letzten zwei Jahre bekam er auf Bewährung wegen guter Führung. Davide Caruso war sein Anwalt. Coppola wurde vor einem Monat entlassen."

„Damit hätten wir sechs Namen für weitere drei Kreise um die wir uns kümmern müssen. Was ist denn mit den restlichen drei Kreisen mit B, C und K? Da haben wir auch noch eine Reihe von Namen, die infrage kommen könnten."

„Silvana meint, dass die für die Protagonisten des Prozesses von Padua stehen. Der Täter Bahadur, der Anwalt Constantini und der Richter Kofler."

„Könnte sein. Was denkst du?"

„Ich glaube das auch. Also belassen wir es erst einmal dabei. Sag deinen Kollegen in den jeweiligen Ortschaften Bescheid, dass sie die Leute informieren und ein Auge auf sie haben."

„Gut, mache ich gleich. Hoffentlich sind wir nicht wieder zu spät."

Marek war versucht zu erwidern, dass es ihm in

den meisten dieser Fälle egal wäre, unterließ es aber.

Ein Polizist sollte eigentlich nicht solche Gedanken hegen und wenn er es wie in seinem Fall doch tat, war es besser sie für sich zu behalten.

Ghetti war ein junger, talentierter, aufstrebender Polizist. Er dagegen war ein alter Haudegen, der schon alles gesehen und erlebt hatte.

Sein Freund würde irgendwann in seinem Berufsleben auch noch auf den Trichter kommen.

Marek war schon fast zur Türe hinaus, als Ghetti einen Anruf seiner Kollegen aus Rovigo erhielt.

„Negris Sekretärin sagte aus, dass er zwei anonyme Anrufe erhalten habe. Den ersten Anruf sollte sie nicht durchstellen, den zweiten hatte er aber angenommen. Danach hätte er alle Termine abgesagt und sei gegangen. Seine Frau sagte, dass ihr Mann überraschend früh nach Hause gekommen wäre und sehr nervös gewesen sei. Abends gegen zwanzig vor zehn wäre er noch einmal weggefahren."

„Zum Rendezvous mit seinem Mörder."

12

Es war mittlerweile schon Nachmittag und Marek plagte ein Hungergefühl. Er hatte ja auch noch nicht zu Mittag gegessen.

In der Hoffnung auf einen Teller Spaghetti marschierte er zu Rosangelas Trattoria. Doch es war noch geschlossen und sie selbst nirgendwo zu sehen.

Deprimiert ging er zurück zu seinem Wagen und fuhr nach Hause.

Nach Inspektion seines Kühlschranks bereitete er sich eine große Portion *Spaghetti aglio e olio* und verspeist sie mit Heißhunger. Danach fühlte er sich besser und steckte sich eine Zigarette an.

Gleich mehrere Dinge beschäftigten ihn. Da wäre zum einen der Personenschutz für die gefährdeten Personen.

Wie würde die örtliche Polizei reagieren? Wenn diese Dienststellen knapp besetzt sind, werden sie womöglich nur einen Streifenwagen vor den jeweiligen Häusern patrouillieren lassen.

Der käme dann vielleicht nur alle Stunde einmal vorbei. Und in der übrigen Zeit?

Dann fragte er sich, wie er jemals diesen Täter entlarven sollte. Es gab zu viele Möglichkeiten, zu viele

Geschädigte, die ein Interesse am Tod dieser Leute haben könnten.

Doch am meisten beschäftigte ihn die Frage, wie lange Silvana noch still halten würde.

Sobald irgendwer einen Zusammenhang zwischen den Morden herstellt, würde sie auf ihre Story bestehen. Da gäbe es kein Halten mehr.

Die Tatsache, dass er zum Nichtstun verdammt war, machte ihn nervös.

Er drückte seine Zigarette aus, zog seine Jacke an und machte sich auf den Weg zur Promenade.

Die milde Brise und der Geruch des Meeres beruhigten ihn etwas. Er setzte sich auf eine Bank und sah auf die leicht gekräuselte Wasserfläche hinaus, die sich irgendwo am Horizont verlor.

Er wusste nicht wie lange er schon so gesessen hatte, als plötzlich sein Handy klingelte.

„So ein verdammter Mist!", schimpfte Ghetti.

„Was ist denn los?"

„Ich habe gerade Rückmeldung der Kollegen aus Vicenza und Treviso bekommen. Dieser Unternehmer, dieser Testa lehnt Personenschutz generell ab, weil er eigene Bodyguards beschäftigt und denen mehr vertraut als der Polizei."

„Habe ich mir bei der Historie fast gedacht. Und was ist mit den anderen beiden?"

„Die Kollegen in Treviso waren natürlich der Meinung, dass dies die Sache der ermittelnden Polizia di Stato sei..."

„...womit sie nicht ganz unrecht haben..."

„...ja, aber sie haben sich dann doch bereit erklärt alle dreißig Minuten eine Streife an dem Haus der Anwältin und der Wohnung von Mario Grasso vorbeizuschicken. Enzo Gentile wohnt allerdings bei seiner Mutter in Castelfranco Veneto. Die dortigen Kollegen haben kein Personal um – Originalton - jemanden wie den zu überwachen."

„Und in der Zwischenzeit kann unser unbekannter Rächer in aller Seelenruhe einen nach dem anderen umbringen."

„Was sollen wir denn sonst tun? Das sind alles nicht unsere Fälle."

Marek überlegte einen Moment.

„Im Prinzip hast du ja recht, aber schick mir mal die Adressen von der Signora Giordano und diesem Mario Grasso zu."

„Du willst doch etwa nicht selbst...?"

„Hast du eine bessere Idee?"

Hatte Ghetti natürlich nicht.

„Ich fahre zuerst einmal zu unserer potentiellen Nummer fünf und sehe mich dort etwas um."

„Wenn das herauskommt, dass wir uns da einmischen, gibt's Ärger. Das weißt du."

„Erstens mischen *wir* uns nicht ein, sondern *ich* und zweitens muss es ja niemand erfahren."

***

Da es schon relativ spät war wählte Marek, ganz entgegen seiner Gewohnheit, den schnelleren Weg über die Autostrada.

Nach etwas mehr als einer Stunde fuhr er in die im östlichen Stadtteil von Treviso gelegene Via Scipione Bagaggia. Die Hausnummer, die Ghetti ihm geschickt hatte, gehörte zu einem schicken Reiheneckhaus.

Es war eine sehr ruhige Gegend, was ihm nicht gerade entgegen kam. Ein einsam parkendes Auto fiel hier schon auf. Besonders wenn es sich dabei um ein so ein exotisches Modell wie seinen alten Lada handelte.

Er stellte seinen Wagen um die Ecke in der Via Luigi Zangrando ab, wo er nicht direkt gesehen werden konnte, aber von wo aus er den Eingang des Hauses der Signora Giordano im Blickfeld hatte.

Marek stieg aus um sich einen Überblick zu verschaffen.

In den Einfahrten der hinteren beiden Reihenhäuser standen größere Kombis und direkt nebenan schien niemand zu Hause zu sein. Sonst war kein Auto zu sehen.

Verstecke gab es eigentlich auch keine, wenn man einmal von der großen Hecke absah, die den Vorgarten der Signora Giordano umschloss. Aber diese Hecke hatte er genau im Blick.

Die Rollläden des Hauses waren teilweise geschlossen. Es war offenbar niemand da.

Er ging zurück zu seinem Wagen, setzte sich hinter das Steuer und öffnete das Ablagefach.

Vorsichtshalber hatte er seinen 44er Revolver mitgenommen. Man konnte ja nie wissen.

Nach gut einer Stunde des Wartens hatte er Lust auf einen heißen Caffè und ärgerte sich keinen mitgenommen zu haben.

Die Dämmerung begann heraufzuziehen und alles blieb ruhig. Lag er am Ende doch falsch?

Nach weiteren dreißig Minuten näherte sich von rechts ein Fahrzeug. Anfänglich konnte er es nicht sehen, doch dann hielt es direkt vor dem Nachbarhaus von Signora Giordano.

Marek konnte den Wagen nur bis zur Frontscheibe sehen. Es handelte sich offensichtlich um einen schwarzen SUV. Den Fahrer konnte er selbst mit seinem kleinen Fernglas nur schemenhaft erkennen.

Er war sich zumindest sicher, dass es ein Mann war, der offensichtlich, da er nicht ausstieg, auf irgendetwas oder irgendwen wartete.

Die letzten Strahlen der untergehenden Sonne tauchten die Umgebung noch einmal kurz in ein leuchtend rotes Licht.

So konnte Marek plötzlich in dem Fahrzeug Aktivitäten ausmachen. Irgendwas tat sich und er war bis in die Haarspitzen angespannt und konzentriert.

Auf einmal tauchte ein kleines Cabrio auf und hielt direkt vor der Einfahrt. Eine elegant gekleidete Frau stieg aus und öffnete die Gartenpforte. Das musste die Anwältin sein.

Fast gleichzeitig sah er in dem Wagen etwas aufblitzen. Es könnte sich um ein nicht entspiegeltes Fernglas gehandelt haben, oder…

„…scheiße, ein Zielfernrohr", entfuhr es Marek.

Er griff nach seinem Revolver, riss die Wagentür auf und rannte los.

„Runter, runter…", brüllte er und Signora Giordano blickte sich erschrocken um.

In diesem Moment schoss der SUV los und verschwand um die Ecke. Marek konnte nicht einmal das Kennzeichen erkennen.

Als die Anwältin seine Waffe sah, fing sie an zu schreien. Da erschien der Wagen der Carabinieri auf seiner Streife.

Die beiden Polizisten sprangen aus dem Wagen und richteten ihre Waffen auf Marek, der mittlerweile an der Gartenpforte stand.

„Lassen Sie die Waffe fallen und die Hände über den Kopf!"

Er wusste, dass Diskussionen im Moment keinen Sinn machten und tat wie ihm geheißen. Er warf den Revolver auf den Rasen, da konnte das gute Stück wenigstens nicht verkratzt werden, und verschränkte seine Hände im Nacken.

„Sie machen da einen Fehler, Brigadiere", versuchte er es dennoch.

„Schnauze…"

Dann klickten die Handschellen um seine Gelenke und er wurde von dem jungen Mann zum Einsatzfahrzeug geschoben.

Sein Kollege kümmerte sich derweil um die völlig aufgelöste Signora Giordano.

„Die Kollegen aus Caorle haben uns informiert. Da sind wir wohl gerade richtig gekommen."

„Wie ich schon sagte, Sie liegen falsch. Derjenige, der es auf die Signora abgesehen hatte, ist abgehauen, als ich kam. Ich wollte sie schützen und nicht umbringen."

„Na klar, am Ende sind Sie noch von der Polizei", lachte der Brigadiere.

„Fast richtig. Ich bin ein pensionierter Commissario, der Ihren Kollegen in Caorle hilft und für die

Waffe habe ich eine Berechtigung. Rufen Sie Maresciallo Ghetti dort an und fragen Sie ihn nach Commissario Marek. Der wird es Ihnen bestätigen."

Der Carabiniere wurde sichtlich unsicher.

„Wir werden sehen. Zuerst nehmen wir Sie mit in
die Caserma."

„Und wer bewacht die Signora?"

„Da besteht ja wohl jetzt keine Gefahr mehr, nachdem wir Sie haben."

Der andere Polizist hatte die Anwältin ins Haus
begleitet und stieg nun zu Ihnen in den Wagen.

„Und?", fragte er seinen Kollegen.

„Nichts. Er behauptet ein ehemaliger Commissario
zu sein, der mit den Kollegen in Caorle zusammenar-
beitet und die Frau beschützen wollte."

„Glaubst du den Blödsinn?"

„Ich weiß nicht. Er kennt zumindest den Maresciallo aus Caorle."

„Lass uns fahren. Das klären wir dann auf der
Dienststelle."

***

Mario Grasso taumelte betrunken die Viale Francia im Nordwesten Trevisos entlang in Richtung des
Wohnblocks, in dem er ein kleines Zweizimmerap-
partement bewohnte.

Seit seiner Entlassung aus der Psychiatrie hatte er

keinen festen Job und hatte sich auch nicht wirklich darum bemüht. Er schlug sich mit Gelegenheitsarbeiten und kleinen Gaunereien durch.

Heute hatte er eine Glückssträhne beim Pokern erwischt und einhundert Euro gewonnen, die er allerdings umgehend in Bier und Schnaps umgesetzt hatte. Mit einer Lokalrunde schafft man sich Freunde.

Als er vor seiner Haustür stand kramte er umständlich den Hausschlüssel aus seiner Tasche und versuchte ihn ins Schloss zu stecken.

Die Gestalt, die sich im Schutz der Dunkelheit hinter einem Klettergerüst auf dem Spielplatz gegenüber versteckte und ihn beobachtete, bemerkte er in seinem vernebelten Zustand nicht.

Etwas Hartes traf ihn in den Rücken und warf ihn gegen die Haustür. Wie er langsam daran herunterrutschte und eine rote Blutspur hinterließ, merkte er schon nicht mehr. Er war tot.

13

Marek saß alleine in dem Fensterlosen Verhör-
raum der Caserma. Die Handschellen hatte man ihm
abgenommen.

Die beiden Brigadiere, die ihn verhaftet hatten,
waren gerade dabei seine Identität zu überprüfen.

Nach gefühlt endlosen fünfzehn Minuten betrat
einer von ihnen wieder den Raum.

„Maresciallo Ghetti hat Ihre Angaben bestätigt. Es
tut uns leid Commissario, aber wir konnten nicht
anders handeln."

„Schwamm drüber, aber eure Streifenfahrten soll-
tet ihr fortsetzen. Signora Giordano ist noch nicht
sicher. Ebenso wenig wie dieser Mario Grasso. Der
steht auch auf der Liste des Täters."

„Kollege Ghetti hat uns zwar angedeutet um was
es geht, aber könnten Sie uns nichts Genaueres sagen? Warum sind diese Leute so gefährdet und wer
versucht sie umzubringen?"

„Ich kann Ihnen auch nicht mehr sagen als Ghetti.
Ein Unbekannter spielt den Racheengel und bringt
Leute um, die wegen schwerer Sexualdelikte und
Mord vor Gericht standen und seiner Meinung nach
nicht hart genug bestraft wurden, oder die sie vertei-

digt und eine solche Strafe verhindert haben. Also Täter und Anwälte oder Richter. Ein Priester aus Caorle, dem sich der Täter offenbar anvertraut hat, gab mir einen verschlüsselten Tipp. Mehr durfte er mir wegen des Beichtgeheimnisses nicht sagen. Damit konnten wir die Anfangsbuchstaben möglicher Opfer ermitteln. Dann haben wir entsprechende Fallakten studiert und den Personenkreis eingegrenzt. So kamen wir auf Signora Giordano, die das potenzielle fünfte Opfer ist. Die zweite Möglichkeit wäre dann Mario Grasso."

„Das bedeutet vier Tote gibt es schon?"

„Ja. Begonnen hat es mit einer Anwältin in Caorle. Dann ein Anwalt in Mestre, ein Staatsanwalt in Padua und zuletzt ein pädophiler Geschäftsmann in Rovigo."

„Santa Madonna! Dann haben Sie der Signora das Leben gerettet. Konnten Sie das Fahrzeug erkennen?"

„Es war ein dunkler SUV. Schwarz oder dunkelblau. Mehr konnte ich nicht sehen. Es ging zu schnell. Aber was ist, wenn er jetzt als Ersatz den Grasso umbringt?"

Der Brigadiere stutzte einen Moment.

„Glauben Sie, dass er nach dem misslungenen Anschlag gleich noch einmal zuschlägt?"

„Ja, das glaube ich, denn er arbeitet eine Reihenfolge ab und die war jetzt zum ersten Mal unterbrochen. Also braucht er Ersatz für den Buchstaben G. Giordano – Grasso."

Der junge Carabiniere wurde blass.

„Ich funke gleich den Wagen an, der dort Streife fährt."

In diesem Moment flog die Türe auf und der andere Polizist, der bei Mareks Verhaftung dabei war, stürmte herein.

„Paolo, wir müssen los. Vor einem Wohnblock in der Viale Francia haben die Kollegen einen Toten gefunden."

„Da wohnt doch auch Grasso", rief Marek, „nehmen Sie mich mit?"

„Ja, kommen Sie."

***

Vor dem langgezogenen Wohnblock in der Viale Francia hatte die Spurensicherung bereits Scheinwerfer aufgestellt, deren Licht die Szenerie grell erleuchtete.

Vor dem Eingang des mittleren Gebäudes lag ein lebloser Körper in einer großen Blutlache. Der Kopf war seitlich und die Arme in einem unnatürlichen Winkel nach hinten verdreht.

„Wisst ihr schon wer er ist?", fragte einer der Carabinieri seinen Kollegen, der offenbar die Leiche gefunden hatte.

„Nein, noch nicht. Er hat keine Papiere bei sich."

Marek trat nun auch zu ihnen und betrachtete den Toten.

„Das ist Mario Grasso. Kein Zweifel. Ich habe sein Foto in seiner Strafakte gesehen. Der wohnt auch hier."

„Dann müssten wir eigentlich seine Wohnung nach Hinweisen durchsuchen, aber das machen dann wohl die Kollegen von der Questura."

„Da würden Sie auch nichts finden. Der Täter wollte diesen Mann eigentlich nur umbringen und das hat er getan. Die Verbindung ist eine völlig andere. Die finden Sie nicht in der Wohnung."

„Wer sind Sie eigentlich?", fragte der Polizist. „Woher wissen Sie das alles?"

„Das ist Commissario Marek aus Caorle", klärte ihn sein Kollege auf, „die haben dort auch einen Mordfall der in Bezug zu diesem hier und einigen anderen steht."

„Davon haben wir aber noch nichts gehört."

„Weil jede Questura ihren Fall für sich betrachtet und den roten Faden nicht sieht. Nur unser Fall in Caorle, der auch der erste in der Reihe war, wird von Ihren Kollegen bearbeitet und Maresciallo Ghetti hat ihn in Ihr Netzwerk gestellt", erklärte Marek und begann sich mit der Leiche zu beschäftigen.

Die Haustür war blutverschmiert und im Glas befand sich ein kleines Loch, von dem sternförmig kleine Risse ausgingen.

Er rief den Brigadiere herbei, mit dem er gekommen war.

„Commissario?"

„Der Mann wurde mit einem ziemlich starken Kaliber erschossen, als er genau vor der Tür stand. Der Schuss kam sehr wahrscheinlich von diesem Spielplatz da drüben."

„Wie können Sie sich da so sicher sein?"

„Sehen Sie sich den Schusskanal an. Der ist ziemlich gerade. Das Geschoss traf ihn links neben der Brustwirbelsäule. Wenn ich seine Körpergröße nehme, dann ist das Loch in der Glasscheibe auf gleicher Höhe. Die Kugel ist also vorne wieder ausgetreten. Sie finden sie dort drin in der Wand gegenüber. Der Schuss wurde also im Stehen von einer ähnlich großen Person abgegeben. Da sich niemand mit angelegtem Gewehr mitten auf die Straße stellt, gehe ich davon aus, dass der Schütze sich auf dem Spielplatz versteckt hatte. Dort konnte er sein Gewehr sogar noch auf dem Klettergerüst auflegen. Die Spurensicherung wird dort jede Menge Spuren finden, falls sie dort auch einmal suchen würde."

„Ich sage denen sofort Bescheid."

Ein paar Minuten Später kam der Brigadiere ganz aufgeregt zurück.

„Sie hatte recht. Es gibt dort viele Fußabdrücke die darauf hindeuten, dass da jemand gewartet hat. Auf dem Klettergerüst gibt es Kratzspuren, die von dem Gewehr stammen könnten. Und hier ist die Kugel. Sie steckte im Putz der Wand gegenüber der Tür, wie Sie gesagt haben."

In diesem Moment kam ein Wagen der Polizia di Stato mit Blaulicht und Sirene angefahren.

„Zeigen Sie schnell her, bevor die hier das Kommando übernehmen", sagte Marek und nahm den Plastikbeutel mit dem Geschoss.

„Mmh, könnte Kaliber .338 sein. Sieht aus wie eine Lapua oder Winchester."

„Hab ich noch nie gehört."

„Scharfschützenmunition. Hohe Geschossgeschwindigkeit und sehr große Reichweite mit geringer Abweichung."

Ein etwas fülliger Mann um die fünfzig in einem schlecht sitzenden Anzug trat an sie heran.

„Commissario Renzi. Wir übernehmen ab hier. Was haben Sie da in der Hand?"

„Wir haben Ihnen schon etwas Arbeit abgenommen. Das ist die Kugel mit der man den Mann da drüben erschossen hat. Viel Erfolg."

Damit drehte sich Marek auf dem Absatz um und zog den Brigadiere mit sich.

Renzi blieb mit offenem Mund verdutzt zurück.

„Kommen Sie, wir verschwinden bevor der noch anfängt blöde Fragen zu stellen."

Der andere Kollege erwartete sie bereits am Wagen. Und so machten sie sich gleich aus dem Staub.

***

„Wie heißen Sie eigentlich, Brigadiere?", fragte Marek, als sie zurück zur Caserma fuhren.

„Paolo Trevisan und der Kollege ist Mattia Visentini. Es freut uns Sie kennengelernt zu haben."

„Gleichfalls."

„Sie sind uns nicht mehr böse?"

„Nein, warum auch? Ihr habt nur euren Job gemacht. Ein Zivilist mit einer Knarre vor dem Haus einer Person die Sie bewachen sollen. Ich hätte wahrscheinlich auch so gehandelt."

„Aber wir hätten diesen Grasso noch retten können, wenn wir Ihnen früher geglaubt hätten."

„Vielleicht. Vielleicht aber auch nicht. Es bringt nichts darüber zu spekulieren. Es ist wie es ist und Grasso war ein Drecksack."

„Wir haben in der kurzen Zeit viel von Ihnen gelernt, Commissario", sagte Trevisan, als sie später mit einem Caffè im Bereitschaftsraum saßen.

„Glauben Sie, dass die Signora Giordano jetzt sicher ist?"

„Ich denke jetzt schon. Unser Killer hat ja alternativ Grasso erschossen und damit seinen Buchstaben G abgearbeitet. Er wird sich jetzt schnell seinem nächsten Opfer widmen. Aber er weiß, dass wir ihm näher kommen und er beginnt Fehler zu machen."

„Und wer ist sein nächstes Opfer?"

„Hat nichts mit euch hier zu tun. Ein Typ aus Vicenza dürfte sein nächstes Ziel sein."

„Wir bleiben mit Maresciallo Ghetti in Kontakt."

„Ja, tun Sie das. Ich fahre jetzt erst einmal zurück und nehme eine Mütze voll Schlaf. Wenn Sie so nett wären und mich zu einem Wagen bringen könnten."

„Ja sicher. Hier ist noch Ihre Waffe. Ein ganz schöner Klotz."

„Wenn Sie damit treffen, läuft Ihnen keiner mehr weg. Die Wirkung ist ähnlich wie bei einer 357er, aber die hier hat weniger Rückschlag."

Zehn Minuten später saß Marek in seinem Lada und fuhr zurück nach Caorle.

14

Es war schon weit nach Mitternacht, als Marek seine Wohnungstür aufschloss.

Er hatte genug und wollte nur noch in sein Bett und schlafen. Doch vorher schenkte er sich zur Entspannung noch ein Glas Vecchia Romagna ein und steckte sich eine Zigarette an.

Damit ging er in sein Arbeitszimmer und sah, dass sein Anrufbeantworter blinkte. Silvana hatte mehrmals versucht ihn zu erreichen. Warum hatte sie es nicht auf seinem Handy probiert?

Als er es aus seiner Tasche zog, sah er warum. Der Akku war leer. Er hatte vergessen das verdammte Ding aufzuladen, bevor er wegfuhr.

Er wusste was ihn erwartete, wenn er sie jetzt anrufen würde, aber er wusste auch, dass es noch viel schlimmer werden würde, wenn er es jetzt nicht tat.

Er holte tief Luft und drückte die Rückruftaste.

„*Ciao cara*. Tut mir leid dich so spät noch zu stören, aber ich muss…"

Weiter kam er nicht.

„Wo warst du, verdammt? Ich war krank vor Sorge. Du gehst nicht an dein Handy und an dein anderes Telefon auch nicht. Was denkst du dir eigentlich dabei?"

„Ich…"

„Ich wette, nichts", schimpfte sie weiter.

„Ich habe Michele angerufen und der wollte mir auch nicht sagen wo du steckst."

„Wenn du mich auch einmal zu Wort kommen lassen würdest, könnte ich dir alles erklären."

„Da bin ich aber gespannt."

„Der Akku war leer. Ich habe einfach vergessen mein Handy zu laden."

„Wie? Das ist alles, was du zu sagen hast?"

„Den Rest erzähle ich dir Morgen. Ich bin hundemüde."

„Nichts da! Das könnte dir so passen. Du kommst jetzt zu mir und berichtest mir alles. Und zwar ausführlich. *Basta.*"

Damit war das Gespräch beendet. Sie hatte einfach aufgelegt und ihm blieb nichts anders übrig als sich in sein Schicksal zu fügen.

Er gähnte ausgiebig, nahm seine Jacke und machte sich auf den Weg.

***

Als Marek Silvanas Haustür aufschloss, stand sie erwartungsfroh im Flur. Ihr Zorn schien verraucht und war ihrer Neugier gewichen.

„Tut mir leid, *caro*, aber ich hatte mir halt Sorgen

gemacht und nun will ich auch alles wissen. Komm, ich hab dir schon einen Whisky eingeschenkt."

Er machte es sich in einem Sessel bequem, nippte an seinem Glas und steckte sich eine Zigarette an.

„Ich wollte gerade schlafen gehen."

„Ich sagte doch schon, dass es mir leid tut. Also?"

„Na gut", fügte er sich ins Unvermeidliche.

Sie hatte sich in einer Ecke des Sofas zusammengerollt und sah in erwartungsvoll an.

„Ich hatte mit Michele alle Fallakten der letzten Jahre studiert, die einen ähnlichen Hintergrund hatten, wie die unserer bisherigen Opfer. Dann haben wir die aussortiert, die zu den Buchstaben in der Zeichnung passen. Bei den letzten drei Buchstaben glaubst du ja, dass es sich um die drei Hauptdarsteller deines Prozesses handelt."

„Das war nicht mein Prozess."

„…von dem du berichtet hast."

„Schon besser."

„Also brauchten wir noch die Nummern fünf bis sieben. Für Nummer sechs kam nur ein Name in Vicenza infrage, für die fünf waren es drei und zwei für Nummer sieben. Zwei in Treviso, einer in Castelfranco Veneto und zwei in Belluno. Unser Täter beschränkt sich nämlich glücklicherweise auf Venetien. Michele informierte seine Kollegen in den jeweiligen

Orten. Der Typ in Vicenza, ein Unternehmer, wollte keinen Polizeischutz. Er beschäftigt eigene Bodyguards. In Castelfranco wollten sie nicht und in Treviso schickten sie einen Streifenwagen los, der alle halbe Stunde an den jeweiligen Wohnorten vorbei kam. Gestern Abend kam mir dann die Idee, das potentielle nächste Opfer selbst zu überwachen. Also fuhr ich schnell nach Treviso."

„Du sprachst aber eben von drei Namen. Für welchen hast du dich entschieden und nach welchem Kriterium? Ich nehme ja nicht an, dass alle drei nebeneinander wohnen."

„Richtig. Einer war Enzo Gentile aus Castelfranco, die anderen Sofia Giordano, eine Rechtsanwältin und Mario Grasso, ihr ehemaliger Mandant. Beide aus Treviso. Durch sie hatte er für eine Vergewaltigung und versuchtem Mord nur zwei Jahr Psychiatrie bekommen. Bislang hatte unser Rächer sich ja immer auf die Prozessverantwortlichen konzentriert. Zwei Anwälte und ein Staatsanwalt. Nur beim letzten Mord nahm er sich den Täter vor. Aber da gab es ja auch keinen Prozess und wer sich alles bestechen ließ um die Beweise verschwinden zu lassen, konnte er wohl nicht herausfinden. Aus diesem Grund bin ich zum Haus der Anwältin gefahren und habe mich auf die Lauer gelegt."

„Ist sie hübsch?"

„Also bitte! Als es dunkel wurde, parkte neben ihrem Haus ein dunkler Geländewagen. Ich konnte aber den Fahrer nicht erkennen. Etwas später kam dann die Signora. Als sie aus ihrem Auto ausstieg, sah ich in dem Geländewagen eine Spiegelung wie von einem Zielfernrohr. Ich hab meinen Revolver geschnappt, bin losgelaufen und hab gerufen, sie solle sich fallen lassen."

„Roberto! Und wenn er dich erschossen hätte?"

„Hat er ja nicht. Er ist sofort mit quietschenden Reifen abgehauen. Aber als die Signora meine Waffe sah, fing sie an zu schreien. In diesem Moment kam dummerweise der Streifenwagen vorbei. Die dachten ich sei der gesuchte Killer und nahmen mich mit in die Caserma."

Silvana musste lachen.

„Der Commissario wird verhaftet. Wie damals in Rom. Wenn ich das in der Zeitung schreibe..."

„Untersteh dich! Sie haben ja sofort bei Michele angerufen und der hat alles aufgeklärt. Nur hat sich der Kerl gleich diesen Mario Grasso als Ersatzopfer auserkoren und ihn vor seiner Haustür erschossen."

Marek schenkte sich noch einen Whisky ein und lehnte sich zurück.

„Wieso sprichst du eigentlich immer von *ihm*?

Vielleicht sucht ihr ja auch eine Frau, oder traut ihr einer Frau nicht zu jemanden zu erschießen oder dir mit einem Geländewagen abzuhauen?"

„Dein Feminismus in allen Ehren, aber die Indizien deuten nun einmal auf einen Mann hin. Zum Beispiel wurde die Giacomelli zu dem Zeitpunkt, als sie vergiftet wurde, mit einem unbekannten Mann gesehen und ich bin mir sicher, dass in dem Wagen heute ein Mann gesessen hat. Aber er wurde jetzt zum ersten Mal gestört und er beginnt Fehler zu machen."

Und dann kam unausweichlich das, wovor Marek Angst hatte und was er befürchtete. Was er hoffte, noch etwas hinauszögern zu können.

„Das wird eine Riesenstory. Ich werde eine Verbindung zwischen den Morden herstellen. Das hat noch niemand auf dem Schirm."

„Nein, das geht nicht. Das würde die Ermittlungen gefährden."

„Doch, das werde ich bringen! Ich habe lange genug die Füße still gehalten. Ich werde morgen gleich damit anfangen und nichts und niemand wird mich daran hindern."

„*Cara*, bitte…"

„Nein!"

„Und wenn er uns wegen deinem Artikel durch

die Lappen geht? Nur weil du so stur bist."

Marek steckte sich zur Beruhigung noch eine Zigarette an und schenkte sich Whisky nach.

„Ich bin nicht stur. Sieh es doch einmal so: Du sagtest eben noch, dass er beginnt Fehler zu machen. Richtig?"

„Ja…"

„Was spricht denn dagegen, dass ihn mein Artikel nervös macht und er noch einen Fehler begeht?"

„Kein schlechtes Argument", dachte er bei sich.

„Na gut, aber dann besprechen wir jetzt, was du schreibst und was nicht."

Sofort sprang sie auf und kam mit Block und Bleistift wieder.

Die ersten Sonnenstrahlen blinzelten bereits durch die geschlossenen Läden, als sie sich total erschöpft ins Bett fallen ließen.

15

Als Marek sich verschlafen umdrehte, war das Bett leer. Wahrscheinlich konnte Silvana wegen ihrer Geschichte nicht schlafen und hatte sich gleich an die Arbeit gemacht.

Doch als er müde in die Küche geschlurft kam, fand er nur eine Nachricht und eine Tüte Cornetti. Sie war schon in die Redaktion gefahren.

Er befüllte die Caffettiera und setzte sie auf den Herd. Dann steckte er sich eine Zigarette an und sah auf die Uhr. Es war schon fast halb elf.

Als der Caffè anfing zu blubbern, schenkte er sich eine Tasse ein und knabberte an einem Hörnchen. Doch Appetit wollte sich nicht einstellen.

Das Kribbeln in seinem Bauch verriet ihm, dass der Fall in seine entscheidende Phase kam.

Was konnte er jetzt tun? Er hatte den Täter zwar gestört, aber der hatte sich ein Ersatzopfer geholt. Das könnte ein Anzeichen dafür sein, dass es ihm tatsächlich auf die Einhaltung der Reihenfolge ankam.

Dann wäre Testa der nächste. Vielleicht konnte er ihn auch dort stören und dann hätte er keinen Ersatz. Zumindest hatten sie keinen anderen Namen mit T gefunden, der ins Schema passen könnte.

Was wäre dann? Würde er durchdrehen und wahllos morden? Eher nicht. Ein Mann, der eine solche, fast autistisch anmutende Ordnung in seinen Verbrechen hat, würde nichts Unüberlegtes tun.

Er musste nach Vicenza.

Schnell nahm er eine Dusche, kleidete sich an und fuhr zu seiner Wohnung. Dort wechselte er die Kleidung und kochte sich eine Thermoskanne Caffè. Dann nahm er noch seinen Revolver und verließ das Haus. Die Tüte mit den Cornetti hatte er im Wagen gelassen.

Im Auto fiel ihm ein, dass er sich ja noch mit Ghetti absprechen musste. Also fuhr er zuerst zur Caserma. Dort musste er seinem Freund natürlich erst einmal genau berichten, was sich am vergangenen Abend in Treviso ereignet hatte.

„…aber du weißt schon, dass die Kollegen nicht anders handeln konnten. Du sahst ja nicht gerade wie ein Polizist aus."

„Ja, ich beschwere mich auch nicht. Wir hatten dadurch nur Zeit verloren. Vielleicht hätten wir ihn stellen können."

„Vielleicht auch nicht. Es bringt doch nichts zu spekulieren."

„Deshalb versuche ich heute einen neuen Anlauf

in Vicenza. Du könntest vorsichtshalber mal deine dortigen Kollegen informieren, damit sie mich nicht gleich erschießen."

***

Es war noch relativ früh und nicht zu erwarten, dass der Mörder um diese Zeit zuschlagen würde. Daher nahm Marek die Strecke über Cittadella und bog nach über zweieinviertel Stunden Fahrt in die Strada Marosticana ein.

Hier im nördlichen Zipfel von Vicenza besaß Federico Testa ein Anwesen, das aus mehreren Gebäuden bestand. Von der Straße aus war es wegen dichtem Baumbestand kaum einsehbar.

Ein asphaltierter Weg führte auf der linken Seite zu einer Reihe von Garagen.

Das Nachbargrundstück zur Linken schien ein landwirtschaftlicher Betrieb zu sein und auf der rechten Seite stand ein kleineres Gebäude auf einem baumbestandenen Grundstück.

Marek stellte seinen Lada hinter einer Hecke auf einem Brachgrundstück gegenüber ab. Von dort aus konnte man ihn nicht sehen, aber er hatte einen relativ guten Überblick. Zumindest auf das, was im Bereich der Straße geschah.

Auf Testas Grundstück war alles ruhig. Es gab keinerlei Aktivitäten.

Also konnte er sich erst einmal einen Caffè und ein Cornetto gönnen.

***

Zwei Stunden später. Die Thermoskanne war leer und die Hörnchen hatte er auch schon alle verspeist. Ansonsten immer noch das gleiche Bild.

Marek klopfte den Puderzucker vom Hemd, steckte sich eine Zigarette an und stieg aus um sich die Beine zu vertreten.

Er hatte schon die Befürchtung umsonst gewartet zu haben, als er ein Motorengeräusch vernahm. Kurz darauf bogen zwei Geländewagen der Premiumklasse in Testas Grundstück ein.

Im Schutz einer Hecke beobachtete er mit seinem Fernglas was dort vor sich ging. Zwei Männer mit Sonnenbrillen stiegen aus dem ersten Wagen und sondierten die Umgebung.

Das waren dann wohl die Bodyguards, die eher dem Klischee eines billigen Mafiafilms entsprachen.

Kurz darauf entstiegen dem zweiten Fahrzeug nochmal zwei solcher Figuren. Während einer vor zur Einfahrt ging, öffnete der andere den hinteren Wagenschlag. Ein Mann von etwa fünfundfünfzig Jahren stieg aus. Er hatte kurzes, volles graues Haar, einen dunklen Teint und trug einen blauen Anzug. Das musste wohl Testa sein.

In dem Moment, als der Unternehmer sich umdrehte und begleitet von seiner Privatarmee ins Haus gehen wollte, hörte Marek einen Schuss.

Die vier Bodyguards lagen mit gezogenen Waffen auf dem Boden und in ihrer Mitte lag seltsam verdreht der Mann im blauen Anzug.

Marek versuchte auszumachen, woher der Schuss gekommen sein musste, aber es war nichts und niemand zu sehen.

Dann vernahm er ein aufheulendes Motorengeräusch. Es kam von links.

Er sprang in seinen Lada und fuhr los, so schnell es das betagte Auto vermochte. Gerade als er in die Straße einbiegen wollte, raste ein schwarzer SUV ein Stück weiter vorne durch das Gebüsch am Straßenrand und verschwand in Richtung Innenstadt.

Marek versuchte noch an ihm dran zu bleiben, aber der Wagen war zu schnell. Wenigstens konnte er noch einen Teil des Nummernschilds erkennen.

Wütend und deprimiert machte er kehrt und fuhr zurück.

Von wo aus hatte der Kerl geschossen? Er versuchte den Weg des Geländewagens zurückzuverfolgen. Hinter dem Gebüsch durch das er gekommen war, gab es einen kurzen Trampelpfad, der in einen asphaltierten Feldweg mündete und dieser Weg führte genau an Testas linken Nachbaranwesen vorbei.

Er ging ein Stück weiter und kam zu einer Gruppe von vier leerstehenden, eingeschossigen Gebäuden.

Vom Dach dieser Häuser müsste man Testas Einfahrt und die Garagen sehen können. Aber wie ohne Leiter dort hinauf kommen?

Er ging in das erste Gebäude hinein. Durch ein rückwertiges Fenster sah er, dass es noch ein weiteres Haus gab, das im rechten Winkel zu diesem stand und an diesem Haus lehnte eine alte Leiter.

Zufrieden ging er zurück und parkte gut sichtbar gegenüber Testas Grundstück um keinen Verdacht gegen sich aufkommen zu lassen.

Kurz darauf kam ein Wagen der Carabinieri mit Blaulicht und Sirene und hielt mit quietschenden Reifen in einer Staubwolke vor der Einfahrt von Testas Anwesen.

Eine Minute später erschienen auch ein Wagen der Ambulanz und ein Notarzt.

Jetzt stieg Marek aus und ging ruhig hinüber zu den beiden Polizisten.

„Stopp!", rief einer der beiden. „Das ist ein Tatort. Sie können hier nicht rein."

„*Buona giornata*. Ich bin Commissario Marek aus Caorle. Ich bin auch hinter dem her, der hier geschossen hat. Er hat nämlich auch bei uns jemanden ermordet. Maresciallo Ghetti wird es Ihnen bestätigen."

„Ach, Sie sind das. Er hat uns schon informiert. Haben Sie irgendetwas gesehen?"

„Ich habe dort drüben gestanden und das Anwesen beobachtet. Vorhin kam Testa mit seinen Bodyguards und als sie ins Haus gehen wollten, fiel ein Schuss. Es war ein Gewehrschuss. Dann hörte ich ein Motorgeräusch und bin losgefahren, um den Kerl eventuell noch zu erwischen. Aber der ist dort vorne durch das Gebüsch und weg war er. Ich weiß nur, dass es ein schwarzer SUV war."

„Welche Marke?"

„Keine Ahnung. Die Dinger sehen doch heute alle gleich aus."

„Was man von ihrer Kis.. ich meine von Ihrem Wagen nicht behaupten kann", lachte der Brigadiere und fing sich einen bösen Blick von Marek ein.

„Konnten Sie das Kennzeichen erkennen?"

„Nur einen Teil. Vorne war ZA und die erste Ziffer eine zwei."

„Das bringt uns auch nicht weiter."

„Und warum nicht?"

„Weil hier alle Geländewagen ZA als Kennung haben. Sie ja auch."

„Ach so. Stimmt", stammelte Marek, denn er wollte nicht zugeben, dass er von diesem Tatbestand nichts wusste.

„Was ist mit Testa?"

„Der war wohl gleich tot. Ein präziser Schuss."

„Wenn die Spurensicherung kommt, sollen sie dort hinten auf dem Dach eines der leerstehenden Gebäude suchen. Es steht noch eine Leiter da. Der hat garantiert von da geschossen."

„Das sind doch gut fünfzig Meter."

„Er verwendet ein Scharfschützengewehr. Die Kugel dürfte das Kaliber .338 haben. Damit hat er gestern in Treviso schon jemanden erschossen. Der kann es also."

„Danke Commissario. Ich gebe es weiter."

„Wenn Sie Ghetti unterrichten würden, falls es etwas gibt."

„Ja, machen wir."

„Dann viel Erfolg. *Arrivederci*."

***

Zurück in Caorle rief er umgehend Ghetti an um ihm zu berichten.

„*Ciao* Michele, wir haben jetzt Nummer sechs."

„Und du kamst zu spät?"

„Nein, ich war dabei und habe es gesehen. Ich konnte es aber nicht verhindern. Unser Racheengel hat Testa inmitten seiner vier Bodyguards mit einem Schuss aus etwa fünfzig Metern erschossen."

„Der Typ wird mir langsam unheimlich. Hast du ihn nicht gesehen?"

„Nein, ich stand gegenüber von Testas Grundstück hinter Grünzeug versteckt, damit mich niemand sieht. Das Grundstück konnte man nicht einsehen, doch der Kerl hat vom Dach eines leerstehenden Hauses hinter dem Nachbargrundstück geschossen. Nur ein Schuss auf diese Entfernung."

„Das kann doch nicht wahr sein. Der arbeitet in aller Seelenruhe seine Liste ab und lässt sich selbst durch einen vereitelten Anschlag nicht aus der Ruhe bringen. Mambretti reißt mir bald den Kopf ab, wenn wir keine Ergebnisse liefern."

„Etwas haben wir."

„So, was denn?"

„Ich habe gesehen, wie er abgehauen ist. Er ist mit seinem Geländewagen mitten durch ein paar Büsche auf die Straße gefahren. Ich bin ihm zwar nach…"

„…aber deine Karre war zu langsam."

„Ja, verdammt!"

„Als Polizist solltest du wenigstens ein konkurrenzfähiges Auto haben."

„Kommt nicht infrage. Ich liebe mein Auto und außerdem bin ich in Pension."

„Konntest du noch etwas erkennen? Farbe, Modell, oder Kennzeichen?"

„Modell weiß ich nicht. Irgendetwas Neues. Die Farbe war schwarz und vom Kennzeichen habe ich nur den Anfang gesehen. ZA und eine zwei."

„Das ist nicht besonders viel. Weißt du wie viele schwarze Geländewagen hier herumfahren mit einer zwei im Kennzeichen?"

„Ich kann es doch nicht ändern. Er war halt zu schnell. Jetzt müssen wir uns auf die nächsten beiden konzentrieren. Sag deinen Kollegen in Belluno Bescheid, dass sie den Coppola und seinen Anwalt überwachen."

„…hättest du ein richtiges Auto, wäre er dir vielleicht nicht entwischt", frotzelte Silvana und sprach damit genau das aus, was Marek nicht hören wollte.

„Ha, ha. Du sagst es ja selbst. Vielleicht…"

Missmutig stocherte er in den Nudeln auf seinem Teller herum. Der Appetit war ihm vergangen.

„Ich kaufe mir deswegen doch keinen Rennwagen."

„Jetzt sei nicht sauer. Sag mir lieber was du denkst. Wie wird er nun weiter vorgehen?"

„Ach, jetzt ist es doch ein Mann. Gestern hast du dich noch beschwert, dass wir keine Frau als Täter in Betracht ziehen."

„Ja, ich weiß. Also?"

Marek überlegte einen Moment.

„Bis jetzt hat er sich ja strikt an die Reihenfolge gehalten, also wäre nun der Anwalt Davide Caruso oder sein Mandant Gino Coppola dran, wobei es mir bei dem Drecksack nicht leid tun würde. Beide wohnen in Belluno. Zuletzt kämen dann deine drei Namen aus Padua an die Reihe."

„Und wann wird er deiner Meinung nach wieder zuschlagen?"

„Bisher hat er immer ein über den anderen Tag zugeschlagen. Nur beim ersten Mord hier in Caorle hat er sich Zeit gelassen."

„Auffallend ist ja auch, dass er die ersten Morde fast zelebrierte und es bei den letzten beiden so eilig hatte."

„Stimmt. Er will sein Werk schnellstens beenden, bevor wir ihn erwischen. Ich fahre morgen nach Belluno. Vielleicht hab ich da mehr Glück."

„Versprich mir, dass du vorsichtig bist."

„Bin ich doch immer. Keine Angst."

„So wie das letzte Mal in Venedig."

„Das war einfach nur Pech. Ich passe schon auf."

***

Als Marek am nächsten Tag die Via Cavour in Belluno entlang fuhr, staunte er nicht schlecht.

Fast am Ende der Straße bewohnte Avvocato Caruso ein Appartement in einem der neuen und modernen Häuser, bei denen es offenbar keinen einzigen rechten Winkel gab und keine fünfzig Meter weiter, nach einem Verkehrskreisel, wohnte Gino Coppola in einem Mietshaus am Anfang der Via Feltre.

War das nun Zufall, oder verband die Beiden noch etwas mehr? Egal.

Marek nahm an, dass der Anwalt das bevorzugte Ziel darstellt und wollte daher dieses Haus verstärkt beobachten, doch in der ganzen Straße herrschte Parkverbot und gegenüber war auch noch eine Bushaltestelle.

Ihm blieb nichts anders übrig, als in einer Parallelstraße zu parken und sich zu Fuß ein Plätzchen für die Überwachung zu suchen, was er dann schließlich im Hof eines Schulgebäudes gegenüber fand.

Da es schon spät am Nachmittag war, bestand keine Gefahr vom Lehrkörper verjagt zu werden.

Es waren zwei fast gleiche Gebäude. In dem rechten wohnte Caruso. Zwischen den Gebäuden gab es einen kleinen Parkplatz und die Einfahrt zu einer Tiefgarage.

Wenn der Täter den Anwalt hier erwischen wollte, dann nur auf dem Parkplatz oder in der Garage.

Das Mietshaus in dem Coppola wohnte, konnte er von seinem Platz aus auch recht gut beobachten.

Er steckte sich eine Zigarette an und wartete. Etwas anderes konnte er ohnehin nicht tun.

Ein paar Minuten später tauchte ein Wagen der Carabinieri auf, hielt kurz vor dem Gebäude an und fuhr dann weiter.

„So sieht also der Personenschutz hier aus", dachte Marek.

Nach zwei Stunden, die ihm wie eine Ewigkeit vorkamen, näherte sich ein schwarzer SUV aus Richtung der Via Feltre, fuhr langsam durch den Kreisel und hielt kurz vor dem Haus an, in dem der Anwalt wohnte. Dann fuhr er gemächlich weiter.

Der Wagentyp war wohl der gleiche, aber das Kennzeichen konnte Marek aus seinem Blickwinkel nicht erkennen.

„Falscher Alarm", brummte er und steckte sich die nächste Zigarette an.

Doch kurz darauf kam der Wagen zurück und bog auf den Parkplatz ein. Der Fahrer fuhr rückwärts in eine Parklücke so, dass er bei Bedarf ohne rangieren sofort losfahren konnte.

„Das muss er sein", dachte er und zog seinen Revolver aus dem Holster.

Woher wusste der Kerl nur, zu welcher Zeit er wo sein musste, um seine Opfer anzutreffen?

Er wartete noch einen Moment um zu sehen, ob sich etwas tat, dann spannte er den Hahn und ging langsam hinüber.

Doch als er in der Einfahrt stand, raste der Wagen plötzlich los und er musste sich mit einem Sprung zur Seite in Sicherheit bringen.

Im Liegen gab er noch einen Schuss ab, der die rechte Seite der Heckklappe traf. Der Wagen schlingerte kurz, raste dann aber weiter.

„Verdammte Scheiße!", fluchte Marek und rappelte sich wieder auf.

Schon wieder entkommen. Den Fahrer hatte er nicht erkennen können, dafür aber das Kennzeichen und die Marke des Autos.

Er überlegte kurz, ob der Kerl nun alternativ Gino Coppola umlegen würde, verwarf den Gedanken aber gleich. Die beiden Häuser standen zu nah beieinander. Er würde sich denken können, dass nun beide unter Beobachtung standen. Wenn, dann müsste er sich sein Opfer woanders schnappen. Aber wo?

Marek ging zu seinem Auto und rief Ghetti an.

„Ist er dir schon wieder entwischt?"

„*Stupido*! Ich war zu Fuß, weil es dort keine Parkmöglichkeit gab. Soll ich ihm etwa hinterher rennen?"

„Nein, war nur ein Scherz."

„Blöder Scherz, aber ich habe jetzt die Automarke und das Kennzeichen. Es ist ein schwarzer Mazda Geländewagen und das Kennzeichen ist ZA 257EB zugelassen in der Provinz Belluno."

„Lass ich gleich überprüfen. Und nun?"

„Ich komme zurück. Melde dich, wenn du den Halter hast. Würde mich auch nicht wundern, wenn die Karre geklaut ist. Ach, sie hat jetzt ein Loch in der Heckklappe."

„Hast du etwa auf der Straße geschossen?", fragte

Ghetti entsetzt.

„Sicher, aber ich habe ihn leider nicht besser getroffen."

„Du kannst doch nicht einfach in der Stadt rumballern wie im wilden Westen. Was da alles passieren kann."

„Ist doch nichts passiert, oder? Ich kann ihm ja nicht einfach nur hinterher winken. Hätte ich nicht zur Seite springen müssen, hätte ich besser getroffen und er wäre jetzt Geschichte. Ich bin halt keine zwanzig mehr."

***

Marek fuhr gemächlich zurück nach Caorle. Heute würde mit Sicherheit nichts mehr passieren, also konnte er sich Zeit lassen.

Da er bislang kaum etwas gegessen hatte, hielt er bei einem gemütlichen Restaurant in Vittorio Veneto und gönnte sich ein riesiges Steak vom Holzkohlegrill mit einem gemischten Salat.

Nach Caffè und Grappa fuhr er satt und zufrieden nach Hause.

Kaum hatte er seine Wohnung betreten, als Silvana anrief um die Neuigkeiten zu erfahren.

„Er ist mir wieder knapp entwischt und bevor du irgendetwas Falsches sagst, ich war zu Fuß, weil es dort keinen Parkplatz gab."

„Was willst du? Ich habe doch gar nichts gesagt."

„Ich wollte ja nur vorbeugen. Aber ich habe jetzt den Wagentyp und das Kennzeichen. Michele überprüft es gerade."

„Ob er sich wieder ein anderes Opfer dafür sucht?"

„Glaube ich nicht. Der andere, der noch infrage käme, wohnt keine fünfzig Meter weiter. Das wäre jetzt für ihn zu riskant. Er wird sich denken, dass beide Häuser nun verstärkt überwacht werden."

„Dann ist seine Reihenfolge unterbrochen. Was macht er dann? Wird er unberechenbar? So viele Möglichkeiten gibt's nicht mehr."

„Richtig, aber er könnte es in Belluno noch einmal versuchen. Sonst blieben nur noch der Richter und der Anwalt aus Padua."

„Du hast den Verurteilten Bahadur vergessen. Der wäre dann als nächstes dran."

„Aber der sitzt doch. Da kommt er nicht dran."

„Wer weiß? An diesen Testa ist er auch rangekommen, obwohl die Bodyguards dabei waren und das Haus wie eine Festung abgesichert war."

„Aber in einen Knast eindringen? Das klingt abenteuerlich. Wie dem auch sei. Ghetti's Kollegen sollen auch das überprüfen. Ich halte dich auf dem Laufenden. *Ciao cara.*"

Gerade als er das Gespräch beendet hatte, rief Ghetti an.

„Der Wagen gehört einem gewissen Enrico Bortone aus Belluno. Eine Diebstahlsanzeige liegt nicht vor. Die Kollegen vor Ort holen ihn zur Vernehmung ab."

„Danke Michele. Da bin ich aber gespannt, was der Herr zu sagen hat. Vielleicht war es das jetzt. Silvana war schon der Meinung, dass er sich nun den inhaftierten Bahadur holt."

„Im Knast? Wie soll das gehen? Morgen wissen wir mehr. *Ciao*."

17

Marek wurde am nächsten Morgen durch das Klingeln seines Handys aus dem Schlaf gerissen.

Entgegen seiner Gewohnheit hatte er es versehentlich mit ins Schlafzimmer genommen.

„Was ist denn mitten in der Nacht?", brummte er missmutig.

„*Buon giorno Roberto*", meldete sich Ghetti, „tut mir leid dich so früh zu stören, aber es ist was passiert."

Sofort war Marek wach.

„Was ist? Habt ihr ihn?"

„Nein, aber er hat gestern wohl doch noch zugeschlagen."

„Was? Wo?"

„Heute früh wurde Coppola tot in seiner Wohnung aufgefunden. Erhängt."

„Scheiße, dann ist er gestern doch noch einmal zurückgekommen. Ich dachte das Haus wird überwacht."

„Wurde es ja auch, nur laut dem Pathologen, der ihn untersucht hat, war er schon tot, als du dort deine Begegnung mit unserem Freund hattest."

„Das heißt er hat ihn aufgehängt und wollte dann auch noch den Anwalt umbringen. Wie passt das zu seinem Schema? Kann das mit Coppola vielleicht auch ein Suizid gewesen sein?"

„Nein, laut Spurensicherung und Pathologen ausgeschlossen. Coppola wurde mit Thiopental kurzzeitig sediert. Die Spritze lag noch auf dem Boden. Dann wurden ihm die Hände auf dem Rücken gefesselt und als er wieder zu sich kam, wurde ihm die Schlinge um den Hals gelegt. Anschließend wurde er auf einen zweibeinigen Stuhl gestellt."

„Wie soll das denn gehen?"

„Das war äußerst heimtückisch. Er hat den Stuhl mit einem Seil an dem Heizkörper fixiert und eine brennende Kerze darunter gestellt. Nach einer Weile war das Seil angebrannt, konnte die Last nicht mehr halten und riss. Dabei kippte der Stuhl und Coppola war Geschichte."

„Er wollte, dass der Kerl seinen Tod kommen sieht. Da steckt ein gewaltiger Hass dahinter. Haben eure Leute den Fahrzeughalter vernommen?"

„Nein, der ist verschwunden."

„Was heißt verschwunden?"

„Das heißt er ist wahrscheinlich untergetaucht. Keiner weiß wo er ist. Er hat wohl noch eine Schwester in Verona. Die Kollegen dort überprüfen, ob er vielleicht da ist."

„Dann sind die drei aus Padua noch immer in Gefahr."

„Der Richter und der Anwalt haben bereits Personenschutz und der dritte sitzt sicher im Knast."

„Gut, dann halte mich auf dem Laufenden, was diesen Bortone betrifft. *Ciao Michele*."

Marek überlegte kurz sich wieder ins Bett zu legen, verwarf den Gedanken aber schnell.

Er war jetzt zu sehr angespannt um weiter zu schlafen.

Einerseits war der Fall auf der Zielgeraden, andererseits war er ein wenig enttäuscht darüber nicht mehr zur Aufklärung beigetragen zu haben.

Sie lieferten zwar Ghettis Kollegen die Handhabe für die anderen Fälle und sie hätten dann den Mörder von Signorina Giacomelli, aber verhaften konnten sie ihn leider nicht selbst.

Er schlurfte ins Bad. Eine Dusche würde hoffentlich diese deprimierenden Gedanken vertreiben.

***

Marek hatte schon das Gefühl Schwimmhäute zu bekommen, so lange stand er unter dem Wasserstrahl, starrte Löcher in die Fliesen an der Wand und dachte, ja an was? Eigentlich an nichts.

Er kleidete sich an, ging rasch zu dem kleinen Markt um die Ecke und erstand ein paar seiner geliebten Cornetti. Nach einem guten Frühstück würde die Welt schon viel freundlicher aussehen.

Kurz darauf saß er am offenen Küchenfenster, verspeiste mit Genuss seine Hörnchen und las Silvanas neuesten Artikel über diesen Fall.

Dann faltete die Zeitung zusammen, nahm seine Jacke und machte sich auf den Weg zur Promenade. Dort setzte er sich auf eine Bank, steckte sich eine Zigarette an und starrte wieder einmal auf die endlos scheinende Wasserfläche hinaus.

Eigentlich war es ganz gut so, wie es gekommen ist. Er musste ja nicht immer in vorderster Front stehen. Hauptsache der Kerl wird verhaftet. Nur das war wichtig. Da spielt es doch keine Rolle von wem.

In diesem Moment meldete sich Ghetti erneut und vertrieb seine düsteren Gedanken.

„Die Kollegen in Verona haben sich gemeldet. Bei seiner Schwester war er auch nicht. Sie hat ihn schon seit zwei Wochen nicht mehr gesehen."

„Er weiß jetzt wie nahe wir ihm sind. Vielleicht bleibt er erst einmal untergetaucht."

„Oder vielleicht auch nicht."

„Wieso? Was ist los?"

„Ich habe gerade erfahren, dass dieser Bahadur wegen einer Formalie morgen noch einmal vor Gericht erscheinen muss."

„Und du meinst, dass Bortone davon erfahren

könnte und es dort versucht?"

„Ja, warum nicht?"

„Aber wie sollte er davon erfahren? Da müsste es ja eine undichte Stelle bei den Behörden geben."

„Hatten wir doch alles schon, oder?"

„Stimmt."

„Immerhin haben die Kollegen in seiner Wohnung Polizeifotos von einigen seiner Opfer gefunden. Fotos die es eigentlich nur in den Akten geben dürfte."

„Dann wird es wohl so sein. Wie kommt er sonst an solche Fotos? Wann wird der Transport vor dem Gericht erwartet?"

„Der Termin ist um zehn Uhr angesetzt, also kurz vorher."

„Gut, dann sind wir dabei."

„Ich habe die Kollegen dort bereits informiert", lachte Ghetti.

„Ich wusste, dass du dir das nicht entgehen lässt. Sei um halb acht hier, dann kannst du mitfahren."

„*Bene*. Bis morgen."

***

Am Abend saß Marek bei Silvana im Wohnzimmer und berichtete ihr von der neuen Entwicklung.

„Das ist wahrscheinlich die beste und vielleicht auch letzte Möglichkeit diesen Killer zu schnappen."

„Ich komme selbstverständlich mit."

„Nein, auf keinen Fall. Das ist zu gefährlich."

„Natürlich komme ich mit. Ich lasse mir doch so eine Story nicht entgehen. Ich sehe schon die Schlagzeile *Pensionierter Commissario schnappt Massenmörder.*"

„Das schreibst du nicht!"

„Na gut, aber ich komme trotzdem mit. *Basta.*"

Marek wusste, dass weitere Diskussionen keinen Sinn machten und fügte sich in sein Schicksal.

Silvana beschrieb ihm nun ausführlich die Örtlichkeiten um das Gerichtsgebäude, machte Skizzen und zeigte ihm Fotos, die sie nach dem Prozess dort gemacht hatte.

Nachdem er sich alles eingeprägt hatte, gingen sie früh zu Bett um am nächsten Morgen ausgeruht zu sein.

***

Um punkt halb acht waren Marek und Silvana vor der Caserma, wo Ghetti bereits wartete.

„Sag nichts. Sie ließ es sich nicht ausreden."

„Ich sag ja nichts", lachte Ghetti.

„Dann kann es ja losgehen."

Kurz nach neun Uhr erreichten sie das Gerichtsgebäude in Padua.

Ghetti stellte den Wagen auf dem Parkplatz rechts neben dem Gebäude ab. Es war das einzige Polizeifahrzeug weit und breit und würde dort weniger auffallen.

„Der Laden hat doch sicher einen Hintereingang, oder?", fragte Marek, der sich schon mit der Umgebung vertraut machte.

„Ja, durch das grüne Schiebetor da hinten."

„Schätze, sie werden ihn von da aus in das Gebäude bringen."

„Denke ich auch. Sehen wir uns dort einmal um."

Da das Tor geschlossen war gingen sie den gepflasterten, parallel zum Zaun verlaufenden, äußeren Fahrweg entlang.

Auf der rechten Seite befand sich ein relativ neuer Supermarkt. Von dort aus dürfte keine Gefahr drohen.

Etwa zwanzig Meter weiter gab es einen Treppenabgang zur Tiefgarage des Marktes. Fast genau gegenüber dem Hintereingang des Gerichts.

Hier befand sich auch eine Tür im Zaun. Marek betätigte die Klinke und zu seiner großen Überraschung war sie nicht verschlossen.

„So viel zum Thema Sicherheit."

„Was denkst du?"

„Falls sie ihn tatsächlich hier durch den Hintereingang bringen denke ich, haben wir hier im Treppenabgang einen idealen Beobachtungsposten. Außerdem hätten wir hier ein gutes Schussfeld, falls es eng wird. Du solltest nur deine Mütze absetzen. Nicht dass die noch oben rausguckt und den Kerl verscheucht."

„Und ich?", fragte Silvana vorwurfsvoll.

„Ich bin doch nicht mitgefahren um hier im Keller zu sitzen und alles zu verpassen."

„Zuerst müssen wir ja wohl den Anschlag verhindern. Das hat Vorrang vor deinen Fotos. Die kannst du ja nachher machen, falls es hier überhaupt etwas zu fotografieren gibt."

„Ah, ich bin wieder einmal nicht wichtig", maulte sie weiter.

„So war das doch nicht gemeint, *cara*."

„Wie dann?"

„Wenn sie so weiter macht, wird sie hier alles gefährden", dachte Marek.

„Da hinten ist noch eine Treppe. Von da hast du auch freie Sicht."

„Aber das ist viel weiter weg."

„Deswegen auch weniger gefährlich für dich und deine Kamera hat doch ein Zoomobjektiv, oder?"

Sie überlegte einen Moment und willigte dann ein.

„…und lass den Kopf unten."

Er atmete erleichtert auf, als sie in dem anderen Treppenabgang verschwunden war.

***

Eine halbe Stunde später erschienen zwei Polizei-
fahrzeuge. Das Tor öffnete sich wie von Geisterhand
und die Wagen rollten langsam zum Hintereingang.

Marek stieß Ghetti, der etwas eingedöst war, in die
Seite und zog seinen Revolver aus dem Holster.

„Es geht los."

Vier Uniformierte stiegen aus und sahen sich um.
Dann öffneten sie den hinteren Schlag des ersten Wa-
gens und zogen einen jungen Mann in Handschellen
heraus.

In diesem Moment raste auf der Parallelstraße ein
schwarzer Geländewagen heran und legte fast genau
vor ihrer Nase eine Vollbremsung hin.

Die Fahrertür flog auf und ein dunkel gekleideter
Mann mit einem Gewehr sprang heraus.

Die Polizisten wussten offenbar nicht wie ihnen
geschah und verharrten in Schockstarre.

Als der Mann auf den Gefangenen anlegte schoss
Marek. Der Mann kippte zur Seite weg und man hörte das Scheppern des Gewehrs, das auf die Straße fiel.

Dabei löste sich ein Schuss, der den Betonsockel
des Zauns traf und als Querschläger in die Begren-
zungsmauer des Nachbargrundstücks flog.

Dann war alles ruhig.

„Komm!"

Marek und Ghetti rannten los, ihre Waffen immer noch im Anschlag. Als sie den schwarzen Mazda erreichten und vorsichtig umrundeten, sahen sie den Mann am Boden liegen.

Er blutete stark aus einer Wunde in der Brust. Das Gewehr lag außer Reichweite auf der Straße.

Beiden verschlug es die Sprache.

„Aber das ist ja…", stammelte Ghetti.

„…Padre Bertoni", ergänzte Marek.

„Warum?", fragte er, als der Mann die Augen aufschlug.

Im Gesicht Bertonis zeigte sich ein schmerzverzerrtes Grinsen.

„Ich mache die Gnade Gottes nicht ungültig; denn wenn Gerechtigkeit durch Gesetz kommt, dann ist Christus umsonst gestorben. So steht es in der Bibel."

„Sie sind gut, Commissario", flüsterte er noch, bevor ihn die Kraft verließ.

***

Die vier Polizisten auf der anderen Seite des Zauns hatten ihre Fassung wiedergefunden und kamen nun auf Ghetti zu.

„Können Sie uns erklären, was das gerade war, Maresciallo?"

„Ja, das kann ich. Dieser Mann hat bereits sieben Morde an Sexualstraftätern oder deren Anwälten begangen und euer Gefangener sollte der nächste sein."

„Wieso wissen wir nichts davon?", echauffierte sich ein Sergente.

„Das kann ich Ihnen leider nicht sagen. Da müssen Sie in der Questura nachfragen."

Dass die Carabinieri Bescheid wussten, sagte er wohlweislich nicht.

Silvana hatte inzwischen ihre Fotos gemacht und war sichtlich zufrieden. Nun kam sie zum Ort des Geschehens.

„Wer ist er?"

„Das ist Padre Bertoni, von dem ich dir erzählt habe und von dem ich das Rätsel hatte."

„Dann ist das kein echter Priester?"

„Keine Ahnung. Ich weiß nur, dass er eigentlich Enrico Bortone heißt und aus Belluno kommt."

„Lebt er noch?"

„Ja, der Krankenwagen müsste gleich da sein."

„Bortone…Bertoni, ist ja relativ einfach. Da hättet ihr ja gleich drauf kommen können."

Als sie Mareks bösen Blick sah, beschwichtigte sie wieder etwas.

„War nur ein Scherz. Nicht sauer sein."

Bevor er etwas erwidern konnte, kam die Ambulanz um die Ecke gefahren.

Zwei Sanitäter und ein Notarzt machten sich an dem Verletzten zu schaffen und nach fast zehn Minuten intensiver Arbeit schoben sie ihn in den Rettungswagen.

„Mit was wurde er denn getroffen? Mit einer Panzerfaust?", fragte der Arzt.

„Nein, mit der hier", entgegnete Marek und hielt ihm seinen Revolver hin.

„Aha, bei dieser Kanone hätte er schon vom Aufprallschock sterben können."

„Kommt er durch?"

„Denke schon."

„Wo bringen Sie ihn hin?"

„In die Universitätsklinik."

18

Drei Tage waren seither vergangen.

Marek war zufrieden, hatte er doch noch seinen Abschluss des Falls bekommen.

Silvana war es ebenfalls, denn sie hatte ihre Fortsetzungsgeschichte und ein Sonderlob ihres Redakteurs erhalten.

Am Nachmittag konnten sie zu einer ersten Vernehmung in die Klinik kommen. Fünf Minuten hatte der Chefarzt ihnen gestattet.

Da der erste Mord in ihrem Zuständigkeitsbereich begangen wurde, konnten sie auch die erste Vernehmung durchführen. Die anderen Polizeistationen durften sich hinten anstellen.

Marek sah aus seinem Küchenfenster. Das Wetter war umgeschlagen. Ein kühler Wind trieb dunkelgraue Regenwolken von Nordwesten heran.

Da es unter diesen Bedingungen nichts wurde mit seinem Spaziergang, schlug er die Zeitung auf dem Küchentisch auf.

Zwei Seiten hatte Silvana bekommen und ein paar bemerkenswerte Fotos platziert. Er freute sich für sie.

Kurz darauf rief Ghetti an um ihm das Ergebnis der ballistischen Untersuchung mitzuteilen.

„...mit dem Gewehr wurden sowohl Mario Grasso, als auch Federico Testa erschossen. Es handelt sich dabei um das Orsis T5000 Kaliber .338 Lapua Magnum. Das Ding soll sehr gut aber auch sehr teuer sein. In seiner Wohnung haben die Kollegen dann noch eine 32er mit Schalldämpfer gefunden. Mit der wurde Heraldini erschossen. Außerdem fand man noch ein Fläschchen Rizin. Damit hätten wir dann wohl alles. Fall abgeschlossen."

„Eigentlich schon, aber außer dem Bibelspruch hat er nichts über sein Motiv verraten. Das würde mich brennend interessieren. Vielleicht erfahren wir nachher etwas."

„Ich hole dich in einer Stunde ab."

***

Vor dem Krankenzimmer in dem Bortone lag, saß ein Polizist und studierte eine Sportzeitung.

Als Marek und Ghetti erschienen, nickte er ihnen kurz zu und widmete sich wieder seiner Lektüre.

Bortone lag kreideweiß und eingefallen in seinem Bett, angeschlossen an diverse Geräte, die alles Mögliche kontrollierten.

Als er seine Besucher sah, zeigte sich ein schwaches Lächeln auf seinen Lippen.

Marek nahm sich einen Stuhl und setzte sich neben das Bett.

„Von Enrico Bortone zu Padre Bertoni. Sie haben den Priester überzeugend gespielt."

„Ich bin tatsächlich Priester", flüsterte Bortone, „nur nicht in Caorle, sondern in San Pietro in Belluno."

„Dann verstehe ich überhaupt nicht, warum Sie diesen Rachefeldzug gestartet haben. Es kann doch nicht nur dieser Bibelspruch gewesen sein."

„Nein, natürlich nicht. Dass ich eine Schwester habe wissen Sie ja wahrscheinlich mittlerweile. Sie wohnt in der Nähe von Verona, in Madonna di Dossobuono. Sie heißt Anna Mazzola."

„Jetzt verstehe ich. Die Tochter, Ihre Nichte war Elisabetta Mazzola, die sich das Leben nahm.

„Genau. Das hat meiner Schwester das Herz gebrochen und diese Anwältin war mit ihren ganzen schmutzigen Tricks daran schuld. Da das Gesetz nicht für Gerechtigkeit sorgte, musste ich das in die Hand nehmen."

„Und wieso haben Sie die Signorina Giacomelli ausgerechnet in Caorle umgebracht?"

Wieder lächelte Bortone.

„Ich habe in allen größeren Gemeinden nach einem Grabstein mit dem Namen Mazzola gesucht und in Caorle einen gefunden. Es gab auch welche in Verona, aber das wäre zu einfach gewesen. Ich bestellte sie unter einem Vorwand dorthin. Sie sollte leiden wie meine Nichte gelitten hat. Ich bereue nichts, Commissario. Ein höheres Gericht wird mich richten, wenn es soweit ist."

„Und warum die anderen Morde?"

„Größere Wahrnehmung in der Öffentlichkeit. Die Menschen..."

Er verzog das das Gesicht vor Schmerzen.

„...die Menschen sollen wissen wie ungerecht das Recht mit ihnen umgeht."

„Dann war das alles so geplant?"

„Ja."

„Was mich aber noch interessiert ist, wo Sie gelernt haben so gut mit Waffen umzugehen. Das lernt man sicher nicht auf einem Priesterseminar."

„Ich war während meines Wehrdienstes bei den *Alpini*, den Gebirgsjägern. Dort habe ich schießen gelernt. Jetzt bin ich noch in einem Schützenverein."

„Verstehe. Und warum das kabbalistische Rätsel? Sie sind doch katholischer Priester."

„Ich habe mich während meiner Studienzeit auch mit anderen Religionen beschäftigt..."

Ein Hustenanfall unterbrach ihn.

„...und die jüdische Mythologie hatte es mir angetan. Deshalb..."

Die Tür flog auf und der Chefarzt kam herein.

„Fünf Minuten hatte ich gesagt. Gehen Sie jetzt bitte."

„Eine Frage hätte ich noch…"

„Nein. Gehen Sie bitte."

Doch Marek ignorierte den Arzt. Er musste es unbedingt wissen.

„Woher hatten Sie die Informationen über Ihre Opfer und die Fotos?"

Bortone bekam noch einen Hustenanfall.

„Ich habe Freunde", röchelte er und sackte in sein Kissen zurück.

Das war es, was Marek wissen wollte.

Sie verließen die Klinik und fuhren zurück nach Caorle.

„Das heißt doch, es gibt tatsächlich eine undichte Stelle bei der Polizei, oder?", fragte Ghetti.

„Genau das heißt es. Willst du der Sache nachgehen?"

„Eigentlich müsste ich es. Was würdest du tun?"

„Nichts", erwiderte Marek nach kurzer Überlegung, „es hat ja eigentlich keinen falschen getroffen. Mit Ausnahme vielleicht von…"

„Roberto! Das ist jetzt nicht dein Ernst."

„War nicht so gemeint", entschuldigte er sich und sah verträumt aus dem Seitenfenster.

Epilog

Das Wetter hatte sich wieder gebessert.

Marek saß auf der Mauer neben der Chiesa Madonna dell' Angelo, rauchte eine Zigarette und blinzelte nach Westen in die untergehende Sonne.

„*Scusi*, hätten Sie Feuer für mich?"

Erschrocken drehte er sich um, aber da war niemand. Vor beinahe zwei Wochen sagte eine geheimnisvolle Frau mit grauen Augen diese Worte an genau der gleichen Stelle. Ihm kam es vor, als sei es gestern gewesen.

Er faltete die Zeitung auseinander und überflog noch einmal Silvanas abschließenden Artikel.

Er war großartig geschrieben und sparte auch nicht mit Kritik an dem wenig kommunikativen Verhalten der hiesigen Polizei.

Sie hatte es sich aber auch nicht nehmen lassen die Carabinieri von Caorle lobend hervorzuheben.

Zufrieden schnickte Marek seine Kippe ins Wasser, streckte sich und schlenderte zurück zu seinem Wagen.

Im Text erwähnte Speisen

Provolone –
italienischer Schnittkäse aus Kuhmilch

Cannoli –
Gebäckrollen gefüllt mit Ricotta, kandierten Früchten und Schokoladenraspeln

Cornetto (Cornetti) –
Hörnchen mit einer Füllung aus Vanillecreme, Schokoladencreme oder Marmelade

Salsicce (Salsiccia) –
pikant gewürzte Frischwurst aus Schweine-Mett

Grana Padano –
Italienischer Hart- und Reibekäse aus Kuhmilch mit geschützter Herkunftsbezeichnung

Fusilli al tonno –
Fusilli (Spiralnudeln) mit Thunfisch

Spaghetti alle Vongole –
Spaghetti mit Venusmuscheln

Cape sante a'la venessiana –
Jakobsmuscheln venezianische Art

Bisato in tecia –
Aal in Sauce

Polenta –
fester Brei aus Mais-Grieß

Tirame su –
Tiramisu – Schichtkuchen aus Löffelbiskuits,
Mascarpone und Sahne. Verfeinert mit Espresso und
Rum, oder Kirschwasser und mit Kakaopulver be-
streut

Grissini –
Dünne, mürbe Stangen aus Hefeteig. Sie können va-
riabel mit Salz oder Gewürzen bestreut sein

Spaghetti aglio e olio –
Spaghetti mit Knoblauch und Olivenöl

Kommissar Marek
bei tredition

Nolde sehen und sterben

Kommissar Marek und die Kunst
März 2018

Marek besucht seine Freunde in Frankfurt. Bei einem ge-
meinsamen Museumsbesuch entdecken sie die Leiche
eines Kunstdetektivs, drapiert wie der vitruvianische
Mensch von Leonardo da Vinci. Hat das eine Bedeutung?
Marek beginnt zu ermitteln. Eine Spur führt nach Venedig
zu einem bekannten und renommierten Kunstsammler.
Da geschieht ein weiterer Mord.
Ein Maler wird in seinem Atelier in Venedig erstochen.
Gibt es Parallelen zu dem Mord im Museum?

...des die Rache ist

Kommissar Mareks fünfter Fall
Januar 2017

Marek findet einen Pfarrer erschlagen vor dessen Altar.
Kurz darauf wird der Besitzer eines exklusiven Möbelhauses tot in seinem Haus aufgefunden. Beide Opfer hatten
die gleiche seltsame Tätowierung. Marek ist überzeugt,
dass beide Morde zusammenhängen und das Motiv in der
Vergangenheit zu suchen ist. Maresciallo Ghetti versucht
die Lebensläufe beider Opfer zu rekonstruieren, kommt
aber bei dem ermordeten Pfarrer nur ein paar Jahre zurück, bis zu seinem Aufenthalt in einem Kloster. Ein Leben
davor scheint nicht zu existieren. Dann geschieht ein weiterer Mord. Die Spur führt zu einem über zwanzig Jahre
alten Fall, bei dem ein Polizist getötet wurde und der bis
heute nicht aufgeklärt werden konnte.

Ein äußerst raffinierter Fall, der Marek und Ghetti bis zu
seinem furiosen und überraschenden Finale einiges abverlangt.

Der letzte Kreis der Hölle

Kommissar Marek kommt ins Grübeln
Dezember 2015

Die dreijährige Tochter eines deutschen Schönheitschirur-
gen verschwindet scheinbar spurlos aus dem Ferienhaus
der Eltern in Caorle. Nach einer groß angelegten Suchaktion geht die örtliche Polizei von einer Entführung aus. Nur,
es gibt keinerlei Spuren, die auf die Beteiligung einer
fremden Person schließen lassen könnten. Als sich direkt
nach dem Verschwinden des Mädchens plötzlich das Bundeskriminalamt einschaltet, ist Mareks Interesse geweckt.
Es beginnt ein perfides Katz- und Mausspiel zwischen den
Behörden, der Polizei und den Betroffenen, dessen Ende
das Vorstellungsvermögen der Ermittler weit übersteigt.
Obendrein ist Marek am Grübeln, ob dieser Ort für ihn
noch der richtige zum Leben ist.

Dreikönigsfeuer

Kommissar Marek stößt an Grenzen
April 2016

In der Nacht zu Epiphania (hl. Drei Könige) soll in der italienischen Kleinstadt Caorle im Veneto der alte Brauch des Dreikönigsfeuers wieder aufleben. Am Strand wird ein riesiger Scheiterhaufen aufgerichtet, der nachts feierlich entzündet werden soll. Auch der pensionierte, ehemalige Hauptkommissar des Frankfurter Morddezernats, Robert Marek, der nun in Caorle lebt, seine Freundin, die Journalistin Silvana Rafaeli und sein Freund, der Carabiniere Michele Ghetti wollen daran teilnehmen. Als aus dem brennenden Scheiterhaufen ein seltsamer Geruch aufsteigt, versuchen Marek und Ghetti das Feuer zu löschen. Dabei kommt eine bereits völlig verbrannte, menschliche Gestalt zum Vorschein. Am folgenden Tag konfisziert der italienische Staatsschutz die Leiche und alle Unterlagen und entbindet die Carabinieri von diesem Fall. Wer war der Tote und warum soll dieser Mord geheim gehalten werden? Marek und Maresciallo Ghetti ermitteln trotzdem weiter.

Der Fall konfrontiert sie mit der undurchsichtigen Welt der Geheimdienste, der Korruption in weiten Teilen der Politik, der Mafia und mit den kriminellen Machenschaften hinter den Mauern des Vatikans. Dabei gerät Marek in Lebensgefahr und muss einsehen, dass er gegen die Übermacht aus Politik, Kirche und Geheimdiensten nahezu machtlos ist und kaum eine Chance hat. Er ist an Grenzen gestoßen, die stärker als alle Gesetze sind.

Kommissar Mareks trügerische Idylle

Kommissar Marek wandert aus
Überarbeitete Neuauflage / November 2008 / März 2016

Kriminalhauptkommissar Robert Marek vom Morddezernat der Kripo in Frankfurt/Main ist wegen seiner unkonventionellen Methoden bei Kollegen und Vorgesetzten nicht gut gelitten. Aufgrund seiner überdurchschnittlichen Aufklärungsquote soll er auch noch zum BKA versetzt werden, was er jedoch auf jeden Fall verhindern will. Er nimmt Urlaub und fährt mit seinem alten 2CV nach Caorle, einer historischen Kleinstadt im Veneto. Dort hofft er, eine Lösung seines Problems zu finden. Er lernt die attraktive Journalistin Silvana kennen, die ihn überredet, sich vorzeitig pensionieren zu lassen und nach Caorle zu ziehen. Sie besorgt ihm eine Wohnung und im Herbst des gleichen Jahres zieht er nach Italien.

Im Frühsommer des folgenden Jahres entdeckt Marek eine eigenartig über den Rand eines Müllcontainers drapierte Leiche. Bei der Aufnahme der Zeugenaussage lernt er den jungen Brigadiere Ghetti der örtlichen Carabinieri kennen und bietet ihm seine Hilfe bei der Aufklärung des Falles an, die der junge Mann gerne annimmt. Nach zwei weiteren brutalen Morden scheint der Fall zu eskalieren. Sie stehen vor einem Sumpf aus Behördenkorruption und groß angelegten Grundstücksspekulationen, bis es ihnen gelingt, eine Verbindung zwischen den Morden herzustellen und ein Motiv sichtbar wird.

Weiter sind von Volker Jochim bei tredition erschienen:

Der Tote vom 8. Loch

Ein Oxford Krimi
Juli 2018

Detective Sergeant Tyler Holmes von der Oxforder Polizei wird nach Woodstock, einem kleinen Ort in Oxfordshire, strafversetzt. Gleich an seinem zweiten Arbeitstag findet man auf einem Golfplatz in der Nähe eine übel zugerichtete Leiche. Sein bisheriger Vorgesetzter, DCI Cooper, übernimmt den Fall. Der Tote wird als Eigentümer des Herrenhauses „Woodstock Manor" identifiziert, doch Holmes glaubt nicht daran und ermittelt mit seinen neuen Kollegen auf eigene Faust weiter. Für ihn gibt es noch zu viele offene Fragen. Zum Beispiel warum der Tote ausgerechnet am achten Loch platziert wurde. Das muss eine Bedeutung haben, glaubt Holmes. Bei seinen Ermittlungen wird er mit einem älteren Fall konfrontiert. Gibt es da eine Verbindung zu dem Toten vom Golfplatz?

Das September Komplott

Thriller
Juni 2017

09/11 – diese Zahlen haben sich unauslöschbar in das Bewusstsein der ganzen Welt eingegraben. Aber was geschah an diesem 11. September 2001 wirklich?
Dieser spannende Roman schildert die unglaublichen Ereignisse aus der Sicht eines investigativen Journalisten, dem es mit seinem Team gelingt, die Hintergründe eines gigantischen Komplotts aufzudecken, das bis in höchste Regierungskreise reicht und der dadurch in Lebensgefahr gerät.

Ist das die Wahrheit hinter der Wahrheit?

Gib mir das Gefühl zurück

Novelle
Überarbeitete Neuauflage / September 2015

Ein Mann erfährt bei einem Besuch seiner Heimatstadt vom Tod seines Jugendfreundes, mit dem er auch in der 68er Bewegung aktiv war, bevor sich ihre Lebenswege trennten. Überrascht davon, wie sich sein Freund von einem überzeugten Kommunisten zu einem Unternehmer wandelte, arbeitet er, zusammen mit der Witwe seines Freundes, die Vergangenheit auf.

Auf einfühlsame und doch unterhaltsame Weise, wird hier der 68er Generation ein Spiegel vorgehalten.

Nied Blues

Ein Frankfurt Krimi
Überarbeitete Neuauflage / September 2015

Die Nacht zu Fastnachtssamstag. Eine schwarz gekleidete
Gestalt mit einem auffallend weißen Gesicht eilt durch den
Nebel, der von Main und Nidda kommend, in die Straßen
des Frankfurter Stadtteils Nied zieht. Kurz darauf wird
diese Gestalt auf der Treppe an der Wörthspitze ermordet
aufgefunden. Kommissar Keller, ein kauziger, wortkarger
Mann, der wegen seiner unkonventionellen Methoden bei
seinem Dezernatsleiter schon lange in Ungnade gefallen
ist, muss mit den Ermittlungen beginnen, bekommt den
Fall am nächsten Tag aber wieder entzogen. Ein junger
Hauptkommissar übernimmt und präsentiert kurz darauf
einen Verdächtigen – einen Künstler, der die Tote als letz-
ter gesehen hatte. Heimlich ermittelt Keller mit seinem
Assistenten Petersen weiter und kommt zu dem Schluss,
dass das Motiv dieses Mordes weit in die Zeit des zweiten
Weltkrieges zurückreicht. Der Fall nimmt eine für alle
völlig überraschende Wendung.

Ein spannender Frankfurt Krimi mit historischem Hintergrund.

Tod im Kreis

Ein Mühlheim Krimi
September 2016

Privatdetektiv Henry Pieroth erhält den Auftrag den Mörder eines Mädchens zu finden. Er ahnt nicht, dass dieser Mord erst der Anfang einer Serie von äußerst bizarren und grausamen Morden ist, welche die sonst so friedliche Kleinstadt Mühlheim am Main in Angst und Schrecken versetzt und bei der eine spätmittelalterliche Dichtung eine große und tragende Rolle spielt.

Ein äußerst spannender Mühlheim Krimi um einen besonders perfiden Fall.

Matt

Ein Mühlheim Krimi
November 2017

Ein Junge wird auf seinem Schulweg entführt und es tauchen an verschiedenen Stellen in der Stadt Nachrichten auf, die auf eine Verbindung zum Fall des Höllenkreis Mörders schließen lassen. Detektiv Henry Pieroth sucht, zusammen mit Hauptkommissar Schumann, verbissen nach einer Lösung. Was aber anfänglich noch wie ein perfides Spiel aussah, nimmt plötzlich eine dramatische Wendung an, als Pieroth persönlich herausgefordert wird.

Der zweite spannende Fall für den ungewöhnlichen Detektiv Henry A. Pieroth.

Zeitfracht Medien GmbH
Ferdinand-Jühlke-Straße 7
99095 Erfurt, Deutschland
produktsicherheit@kolibri360.de